# UMA LUZ
# NO SERTÃO

UMA LUZ
NO SERTÃO

CAIO PORFÍRIO CARNEIRO

# UMA LUZ
# NO SERTÃO

EDITORA
Claridade
SÃO PAULO
2007

© *Copyright*, 2007, Caio Porfírio Carneiro
Todos os direitos reservados.
Editora Claridade Ltda.
Av. Dom Pedro I, 840
01552-000 São Paulo SP
Fone/fax: (11) 6168-9961
E-mail: claridade@claridade.com.br
Site: www.claridade.com.br

*Preparação de originais:* Flavia Okumura Bortolon
*Revisão:* Guilherme Laurito Summa
*Ilustração:* Murilo Silva
*Capa:* Cintya Viana sobre ilustração de Murilo
*Editoração Eletrônica:* Eduardo Seiji Seki

**ISBN 85-88386-48-8**

**Dados para Catalogação**

Caio Porfírio Carneiro

    Uma luz no sertão/ Editora Claridade, São Paulo, 2007, 160 p.

1. Religião    2. Padre Cícero    3. Autor

CDD 200

Índice para catálogo sistemático:
027
027.626
028

# SUMÁRIO

| | |
|---|---|
| Apresentação | 9 |
| Capítulo I | 11 |
| Capítulo II | 19 |
| Capítulo III | 24 |
| Capítulo IV | 40 |
| Capítulo V | 46 |
| Capítulo VI | 79 |
| Capítulo VII | 91 |
| Capítulo VIII | 100 |
| Capítulo IX | 113 |

O negro Romualdo, que me levava aos banhos no rio, consertava minhas gaiolas, empinava meus papagaios, falou-me de um padre santo e de seus muitos milagres.

Estranhei a ausência da imagem do padre santo no oratório da minha mãe. Minha fé era tanta que dele me socorri, numa oração aflita, para que me livrasse de uma sabatina de aritmética.

Um dia, meu tio – o homem mais corajoso do mundo – que pegava cobra pelo rabo, derrubava novilho bravo sem descer do cavalo, atravessava o rio em nado ligeiro, contou coisas formidáveis e impressionantes do padre santo.

À noite, embrulhado nos lençóis, temi que o padre santo, com chifres, rabo e espeto me viesse puxar o pé...

# APRESENTAÇÃO

Para dar maior vida ao estudo dessa personagem fascinante e contraditória, que foi o Padre Cícero Romão Batista, fundador da cidade de Juazeiro – e cuja estátua, em tamanho descomunal, no alto da serra, dominando grande parte do vale do Cariri, no Ceará, é uma prova inconteste do quanto continua sendo amado e querido –, apresentamos aqui a biografia romanceada do grande guia espiritual sertanejo.

Está claro que os diálogos, a ação das personagens, a atmosfera e muito do próprio enredo são pura ficção, mas os fatos fundamentais são reais e verdadeiros. Muitas das personagens – ou, mais precisamente, as principais – existiram e viveram e agiram mais ou menos de acordo como estão neste romance. As figuras secundárias servem apenas de suporte para que as primeiras sejam bem caracterizadas.

Compulsando a enorme bibliografia existente sobre o Padre Cícero e acerca dos acontecimentos em que se viu envolvido, estamos quase prontos a afirmar que esta narrativa apóia-se efetivamente em seu itinerário de vida.

Nossa intenção, portanto, foi oferecer aos leitores um retrato ao mesmo tempo real e literário desse nome singular de nossa História, sobre quem muito se fala, mas pouco se conhece verdadeiramente.

C.P.C.

# Capítulo I

## 1 O povoado

Desceu do cavalo, como sentindo dores, e, ao pisar o chão, puxou a batina para não tropeçar e cair. Das janelas das poucas casas e casebres do lugarejo, olhos curiosos e assustados fitaram o padre mirradinho, cabeça enterrada nos ombros, chapéu alcançando-lhe as orelhas, a segurar o cabresto do animal e sem saber para onde se dirigir. O caboclo esquálido aproximou-se tímido e indeciso:
– Sua bênção, padre.
– Deus lhe abençoe, filho.
O caboclo pensou oferecer ajuda, mas não disse nada. O padre pôs nele os olhos ternos:
– Estou com sede, filho. Posso beber um copo d'água?
– Se achegue padre.
O caboclo tomou-lhe as rédeas do animal e dirigiu-se a um dos casebres. Convidou-o a entrar. Chamou a mulher e ela trouxe, do escuro da cozinha, uma caneca suja, com muito cuidado para não derramar a água barrenta. O padre, sentado no tamborete, o chapéu no vão das pernas, suor a pingar da ponta do queixo, sorveu-a em goles lentos. Depois, ficou longos minutos como se dormisse, procurando vencer o grande cansaço. Os vizinhos aproximaram-se para

ver aquele padre mirradinho, metido em batina surrada e suja, chegado não sabiam de onde, mas certamente de distância de muitas léguas, porque o animal, ali fora, sonolento sob o sol escaldante, mostrava sinais de estafa.

O padre, com dificuldade, acomodou-se melhor no tamborete e descobriu, sem surpresa, que um grande número de pessoas o cercava. Cumprimentou-as com leve balançar de cabeça e virou-se para o homem que o trouxera até ali:

– Quantas casas tem este povoado?
– É só isto que o senhor está vendo, padre. Ao todo, umas vinte.

Através da janela, viu o pequeno templo, ao longe:
– Aquela é a igrejinha de Nossa Senhora do Amparo, aquela ali, perto do juazeiro, não é?
– É, sim, senhor.
– Já ouvi falar nela. Pelo que vejo, precisa ser remodelada. Está em abandono...

O silêncio desceu e ouviu-se, perfeitamente, o zunir do vento de verão a carregar, em remoinhos, as folhas secas sob a fornalha de um sol de meio-dia.

– Calorão, hem!

Vários responderam a um só tempo:
– Calorão.

Ergueu-se, acariciou a cabeça de algumas crianças e pareceu bem mais miudinho diante daqueles homens maltrapilhos e curtidos pela vida áspera do sertão. Dirigiu-se a todos, circulando a vista:

– Vou ficar por aqui... Vocês vão me aturar por muito tempo. Preciso de um lugar para me arranchar.

Antes que alguém se oferecesse para hospedá-lo, olhou demoradamente através da janela e falou mais para si do que para os presentes:

– Vou fazer dessa capela uma casa digna de Nossa Senhora do Amparo.

## 2 Meu nome é Cícero!

À noite, hospedado numa das melhores casas do lugarejo, balançando-se na rede, na sala de visitas, conversava com o seu hospedeiro:
– Sou do Crato. Estudei no Colégio do Padre Rolim, em Cajazeiras, na Paraíba. Ordenei-me em Fortaleza, faz pouco tempo, servi em Trairi e São Pedro.
– Já ouvi falar do senhor, padre.
– Preferi vir para a minha terra e o Senhor Bispo deu autorização. Agora, estou aqui, e vim para ficar, depois de correr grande parte do sertão. Com a ajuda de Deus...
– Conte com a gente, padre.
– Disto estou certo. E mais uma vez muito obrigado por me oferecer a sua casa.
– Ela é sua, padre.
Correria lá fora, na noite escura, chamou a atenção dos dois.
O dono da casa, seguido do padre, aproximou-se da rua, lamparina na mão, e gritou para o vulto que se dirigia apressado em direção a um dos casebres:
– O que foi Aristeu?
– O seu Raimundo foi esfaqueado lá em Missão Velha!
O padre correu rápido para socorrer o moribundo. Entrou no casebre, pedindo licença e aos encontrões. Viu-se diante de um quadro inúmeras vezes presenciado em suas andanças pelos sertões do Cariri: um homem, respirando difícil, estirado numa rede velha e suja, banhado em sangue. Uma mulher, ajoelhada ao lado, soluçava alto.
– Quero mais luz! Tragam mais luz!
Atenderam ao pedido do padre com presteza. Examinou os ferimentos, sentado numa cadeira bem próxima à rede:
– Santo Deus, que tragédia...

Decidiu-se, rápido:
— Água quente! E panos limpos! Bem limpos! Arregaçou as mangas da velha batina e com presteza e habilidade começou a tratar das feridas da vítima, recomendando-lhe:
— Não se mexa. Pelo amor de Deus não se mexa. Reze e não respire fundo.

A mulher passou dos soluços para os gritos. E o padre, com muita calma, pousou-lhe a mão no ombro:
— Minha filha, ajude o seu marido. Reze por ele, chore por ele, mas como está se comportando só pode é piorar tudo...

Fez um sinal e mãos hábeis e rápidas a conduziram para longe dali. O padre pôde, então, dedicar-se a tentar salvar aquela vida, noite adentro.

A notícia espalhara-se como um rastilho. E o povoado transformou-se num viveiro de curiosos, animais em quantidade emparelhados e amarrados aos paus de cerca. As mulheres, insones, comentavam:
— E como foi, criatura?
— Sei lá! Só sei que chegou com a barriga aberta...
— Minha Nossa Senhora!

Aos primeiros alvores da manhã, os galos amiudando ao longe e os curiosos dispersos e os renitentes sonolentos e encolhidos pelos cantos, o padre surgiu à porta do casebre, olheiras fundas da longa vigília, comentou para os que o cercavam:
— Com a ajuda de Deus e de Nossa Senhora, ele se salvará.

Cruzou as mãos ao peito, como numa oração muda, e olhou em direção ao lugar de onde chegara aquele homem esfaqueado:

– Conheço muito bem Missão Velha... Terra de bandidos e desordeiros...
Um homem de bigode a pender dos cantos da boca, chapéu de abas largas ao lado do cavalo bem adornado, cumprimentou:
– Bom dia, padre. Esse homem ferido trabalha para mim, ele se salvará?...
– Não sei. Fiz o possível, mas não sou médico. Reze por ele.
O homem estudou o padre de cima a baixo:
– O senhor é novo aqui, padre?
– Cheguei ontem.
– Vem do Crato ou Fortaleza?
– Corri todo este sertão, um pedaço deste mundo. Meu nome é Cícero. Padre Cícero Romão Batista.
– Já ouvi o seu nome. Obrigado, padre.
– Deus lhe abençoe, filho.

## 3 Nuvem de pó

A balançar-se na rede, no alpendre da casa onde se hospedara, o padre conversava com o grupo de visitantes:
– Não precisam me agradecer. Ele se salvou pelos poderes de Deus.
– Não fosse o senhor...
– Sou servo de Deus, nada mais.
O cavalo riscou à porta, levantando poeira. O homem desceu, aproximou-se aflito, chapéu amassado entre os dedos, tímido e a escolher palavras:
– Padre, a minha mulher está morrendo...
Ele levantou-se, despediu-se de todos, e procurou o dono da casa ou alguém que o ajudasse:

— Um cavalo. Arranjem-me um cavalo. Minutos depois, sob uma nuvem de pó, desaparecia entre os carneiros e mandacarus com o homem que o viera buscar.

## 4 Palavras mansas

Encolhido dentro dos paramentos, a voz mansa e pausada, correu os olhos bondosos sobre aquele povo humilde, que se comprimia dentro da pequena igreja de Nossa Senhora do Amparo:

— Meus amiguinhos, estamos neste mundo para servir a Deus! E servimos a Deus, fazendo penitência, não pecando, ajudando o próximo. Ajudamos também a Deus, melhorando a Sua Casa. Esta capela precisa de remodelação completa. Precisa ser aumentada e transformada numa verdadeira Casa do Senhor. Conto com a ajuda de vocês, meus amiguinhos. Estou chegando do Crato, onde andei pedindo auxílio. Eu sei, meus amiguinhos, que vocês não têm muito para dar. Mas cada um dá o que pode, que sendo de coração Nosso Senhor ficará agradecido. Aqueles que não tiverem nada para dar poderão ajudar com alguns dias de trabalho...

As palavras saíam mansas, carinhosas, calavam fundo no coração de todos.

## 5 Dos lados do Araripe

O comboieiro parou a tropa de animais debaixo da frondosa oiticica, sentou-se no chão coberto de folhas secas e estirou as pernas, descansando da longa caminhada. O estirão de caatinga perdia-se nos confins e os galhos cinzentos crepitavam ao sol.

Pestanejava para o cochilo, quando trote de animal próximo o despertou de vez. O cavaleiro apeou, abanou-se com o chapéu, pingos de suor a descer curvilíneos pelo rosto e a molhar, em manchas largas, as costas do paletó:
– Bo' tarde.
– Bo' tarde.

O cavaleiro sentou-se ao lado do comboieiro:
– Que calor, hem!
– De vera.

Indicou, com a cabeça, os animais ali perto:
– Vosmicê está levando carga pro Crato?
– Venho de lá. Estou indo na direção de Iguatu.
– Naquele fim de mundo?...
– É.
– E de chuva nada, hem...
– Nem um pingo.
– Eu sou dos lados do Araripe. Tou viajando há dois dias pra falar com um padre que me disseram cura tudo. Quero pedir a ele uma ajuda, um remédio ou uma oração forte para minha mulher, que está se acabando numa rede. Sente umas dores de lado que é um nunca acabar de sofrer. Tem dia que ela enjeita até um copo de leite.
– Nossa Senhora olhe por ela.
– Agradecido. Tenho fé em Deus e nesse padre...
– É um que mora no Tabuleiro Grande?... Quero dizer, em Juazeiro, como também é chamado agora?
– Esse mesmo.

O cavaleiro meteu a mão no bolso e ofereceu:
– Vosmicê quer mascar uma pele de fumo?
– Agradecido.

– Pois correu lá pros meus lados que ele, o padre, cura qualquer doença. Mordida de cascavel para ele é sopa. Um sujeito me contou e jurou em cruz que ele, com uma oração, fechou, num bater de pestana, trinta e dois buracos de facada que deram num negro, numa festa.
– Nossa Senhora!
– Pois foi.

O comboieiro, com um graveto, limpava as unhas:
– Eu também ouvi falar coisa dele que dá medo. Me contaram que ele aparece no mesmo instante em muitas partes... Está rezando missa na igreja e, na mesma hora, confessa um doente e diz "bom dia" para quem passa na estrada, distante um mundão de léguas!! É o poder de Deus demais que ele tem.
– Se é...
– Vosmicê conhece ele?
– Conheço não. Mas sei que ele arranjou num instantinho uma romaria de gente para ajeitar a igreja de lá. É um nunca acabar de gente chegando pra ajudar. Parece até procissão.

A tropa de animais, ali perto, estava sonolenta sob o peso das cargas. A campainha da madrinha badalava monotonamente. A velha oiticica farfalhava ao vento, que descia das quebradas da serra.

O cavaleiro levantou-se, pôs o chapéu na cabeça, calculou a hora pela altura do sol:
– Então, adeus para vosmicê.
– Pra vosmicê, também.

Montou e desapareceu ao longe sob uma nuvem de pó.

O comboieiro permaneceu de pernas estiradas. Encostou-se ao tronco da árvore, cobriu o rosto com o chapéu de palha e dormiu.

# Capítulo II

## 1 A grande seca

Os anos de inverno alternaram-se aos anos de chuvas escassas. E além das fronteiras do vasto vale do Cariri, a fama do padre humilde e piedoso, que corria os sertões durante as vinte e quatro horas do dia socorrendo a todos, insone e sem alimentar-se, adquiria uma dimensão de santo.
E chegou o ano da grande seca.

\* \* \*

A multidão sofrida comprimia-se diante da igreja. O padre, na permanente fala mansa, mãos cruzadas ao peito, encarava-a com infinita piedade:
– Meus amiguinhos, tenham fé em Deus! Vêm muitos anos de fartura pela frente. Esta seca é castigo do céu! A maldade deste mundo é muito grande!
Pelos cantos de parede, debaixo de árvores, famílias inteiras comprimiam-se em bloco, como a protegerem-se uns aos outros da fome medonha.
O homem, maltrapilho, aproximou-se aflito:
– Acuda, meu Padrim!
Apontou:

— Atrás daquele cercado tem uma família inteira comendo mandacaru verde[1].

O padre partiu como uma bala, a batina frouxa nas pernas magras. Avançou para o homem:

— Pelo amor de Deus, criatura! Isto é veneno. Jogue isto fora.

O homem permaneceu indeciso. E o padre, autoritário:

— Você se envenena e envenena a sua família, homem de Deus! Já ensinei mil vezes: lava primeiro a batata nove vezes em água nova.

Trouxe o homem e sua família para junto da multidão, dando-lhe conselhos. E voltou a falar a todos:

— O mandacaru, já ensinei, é a salvação! Mas não comam a batata sem lavarem ela nove vezes em água nova! E cuidado com as cobras! Com esta seca que Deus está nos mandando para pagarmos nossos pecados elas se multiplicam como demônios! O nosso amado Imperador ficou de socorrer vocês! Jurou! Vamos rezar e ter fé em Deus e no Imperador!

Curvou-se numa oração e todos o imitaram.

O sol, reverberante, caía como uma fornalha sobre os galhos ressequidos de mandacarus e marmeleiros. Um cabrito baliu aflito numa moita próxima.

## 2 Careço de sua ajuda!

Recostado na cadeira, à luz da lamparina, o padre ouvia a novidade do homem de barba densa:

---

[1] Planta da família das cactáceas, de caule suculento, sem folhas ou de poucas folhas, sempre coberta de espinhos. Dão flores grandes e de cores vivas e crescem sobretudo nos desertos, pois são extremamente resistente, às secas. (N. do E.)

– Pois, padre, tem gente morrendo como formiga. Os mortos trazem os ratos, a peste bubônica e as cobras...
O padre, extenuado, quase num cochilo, vencido pelo sono parecia não ouvir.
– Está me ouvindo, padre?
– Estou ouvindo, meu filho. Ouvindo e pedindo a Deus misericórdia para essa gente.
– Em Iguatu, no Crato, em Missão Velha, em lugar nenhum tem casa de comércio aberta.
O homem levanta-se de repente, aflige-se, amassa o chapéu nos dedos:
– Perdi o meu gado todo, padre! Todo! Não escapou uma rês, padre!
A mão balançou, calma:
– Sente-se, coronel. Sinto pena do senhor, sinto pena do seu gado, mas sinto muito mais pena dos que estão morrendo nas veredas e estradas, no rumo de Fortaleza e nunca vão chegar lá.
O homem acalmou-se, passou a mão calosa nos cabelos, soltou pigarro curto, sentou-se, pôs as mãos nos joelhos, o chapéu entre dois dedos, e ficou pensativo, a fitar os tijolos.
– Ouvi falar, padre...
– Diga.
– Ouvi falar que até na capital está morrendo gente como formiga. Só num dia morreram mais de mil pessoas em Fortaleza.
– E rezo por todos eles, coronel...
– Sim, padre.
– Careço de sua ajuda.
– Para quê, reverendo?
– Socorrer alguns flagelados...
O homem abriu os braços, o chapéu caiu no chão:

— Mas como, padre? A população toda do Ceará está morrendo de fome.
— Mas alguns ainda têm o que comer. E o senhor, com a graça de Deus, está entre os favorecidos. Careço de sua esmola. Em comida, em dinheiro, em qualquer coisa... Que dê para alimentar um menino por algumas horas...

O homem encarou o padre com ar estranho, como para se convencer do que ouvira, e silenciosamente meteu a mão no bolso, procurou uma cédula entre outras, e estirou-a ao padre.

— Agradecido, filho. Deus lhe dará mais.

O sorriso do homem foi quase de ironia:

Vai ajudar muito pouco...

O padre pensou um pouco e fitou a chama indecisa da lamparina:

— Mas ajuda.

## 3 O castigo

O sacerdote entrava no povoado, que já se transformava em cidade, vindo de uma de suas muitas andanças pelas vizinhanças a atender chamados. A mesma multidão de flagelados à sua espera. Entrou no meio do povo. Tocavam-lhe a batina suja e empoeirada, comprimiam-se em torno dele, deixando-o sufocado.

— Me deixem passar, meus amiguinhos. Tenham fé em Deus e em Nossa Senhora. Este castigo de Deus vai terminar e virá um ano de muita fartura. Me deixem passar.

E do adro da igreja, estafa nos olhos fundos, mais sumido e mais encolhido dentro da batina, estendeu os braços:

– Tenham fé em Nossa Senhora e no seu Divino Filho! Esta provação, meus amiguinhos, é para lavar os pecados do mundo!

Seus conselhos caíam no coração de todos e ele a todos procurava atender, descendo do adro e voltando ao meio do povo. Das veredas próximas, chegavam famílias e mais famílias à procura do padre santo, última salvação contra a seca inclemente, a fome e a morte.

E a vila expandia-se em casebres, levantados às pressas, retirantes alojados à sombra das árvores, crianças seminuas dormindo na areia fina e alva do riacho, mulheres grávidas, filhos ao colo, encolhidas no oitão da igreja, a fitar o horizonte longe, lá muito longe...

# Capítulo III

## 1 O fenômeno

O grande e belo templo, que fora a antiga capela, está repleto de fiéis. O padre preparava-se para dar a comunhão. A fila de devotos aguardava vez. A mulher ajoelhou-se, preparou-se para receber a hóstia, olhos fechados e embevecidos. O padre aproximava-se, tracejando o sinal da cruz em cada nova comunhão. Ao pôr a hóstia na língua daquela mulher, tão conscrita e em devaneio, recuou alguns passos e ficou a fitá-la. Um fio de sangue descia-lhe da boca, rubro e vivo. O "oh!" de espanto percorreu a nave e alcançou o adro, onde muita gente se aglomerava, impossibilitada de entrar.

O padre, emocionado e intrigado com aquilo, ao terminar a missa recolheu-se à sacristia e chamou vários amigos. Vieram sem demora. O padre encarou-os um a um:

– Vocês viram?

Entreolharam-se. E um deles destacou-se:

– Eu vi, padre. Estava bem perto.

– O que acha?

– Milagre, padre!

O padre baixou a cabeça, pensativo, olhos no chão. Mas a notícia se espalhara rápida. A beata, ao deixar a igreja, fora cercada e examinada com curiosidade e espanto por todos. No bar do seu Pedro, o homem entrou esbaforido:
– Vocês já sabem?...
Os que conversavam e bebiam encararam-no surpresos. E o homem, olhar de espanto:
– O sangue de Nosso Senhor correu na língua da Maria de Araújo, agorinha mesmo, quando ela comungava.
Seu Pedro recuou:
– O quê!
– Pois foi.
O magricela, metido na roupa de vaqueiro, quis saber:
– Que Maria de Araújo?
O homem, controlando o fôlego, dava minúcias sobre o tipo da mulher, altura, cor, cabelos. Alguns se manifestaram:
– Conheço.
– Pois o Sangue de Nosso Senhor...
Continuou falando, mexendo muito com as mãos, mas todos já abandonaram os copos e saíram para ver de perto a santa juntar-se ao povo que se aglomerava à porta de sua casa.
Ainda na sacristia, meio paramentado, o padre, mãos cruzadas às costas, anda de um lado para outro:
– Precisamos ver isto com cuidado. Se o fenômeno se repetir...
No mesmo segundo, o caixeiro-viajante, numa esquina marcava encontro com um colega de profissão:
– Hoje é seis de março de 1889. Veja bem: seis de março. Encontro-me com você daqui a uma semana no Crato, certo?
– Certo.

## 2  O parecer dos médicos

À noite, trancado em casa, o padre sentia os efeitos do fenômeno, que se dera pela manhã. Tomava coalhada e falava para a mulher que o servia, ali encostada à parede:
– Como está o povo lá fora?
– Fechei a janela. A multidão é muito grande, meu padrinho. Querem ver o senhor.
– A notícia correu depressa, hem...

Levantou-se, dirigiu-se à janela gradeada, abriu-a e viu, sem surpresa, aquela legião de homens e mulheres chegados de repente, atraídos pelo milagre. Fez o sinal da cruz e levantou o braço:
– Voltem para suas casas, meus amiguinhos! Se foi milagre, Deus há de dar novo sinal!

Alguém gritou, do meio da multidão:
– Viva o meu Padrim Cícero! Viva Nossa Senhora!

E a resposta reboou pelas quebradas:
– Vivaaaaaa!!!

\*\*\*

O alvoroço é grande. O fenômeno repetira-se. O padre, arrodeado de outros padres e políticos influentes, gente importante das cidades próximas, finalmente se decidia:
– É de fato um milagre. Não há outra explicação. Virou-se para um dos padres presentes:
– Você é testemunha. Médicos examinaram a Maria de Araújo. Presenciaram o fato e concordam comigo: é o sangue de Nosso Senhor.

Todos anuíram. Uma voz, porém, mostrou-se cautelosa:
– O Senhor Bispo continua renitente...

Um monsenhor contestou rápido:

– O Senhor Bispo não presenciou... Não viu como nós vimos.
Lá fora, a multidão cantava ladainhas e exaltava o nome do Padre Cícero.
Outro padre mostrou-se irritado:
– O parecer dos médicos de Fortaleza não é mais válido do que o dos médicos da nossa região. Se eles contestam o milagre, os nossos confirmaram...
A conversa tornava-se tumultuada, e a tudo o Padre Cícero assistia em silêncio, pensativo.
Alguém entrou na sala, alarmado:
– Meu padrim, continua chegando um mundo de gente... Até de Alagoas e de Sergipe... O leito seco do rio não tem mais lugar nem para sentar uma criança.
Através das frinchas da janela fechada, chegou nítida a voz destacada da multidão:
– Viva o meu Padrim Cícero!
E o coro, uníssono:
– Vivaaaaaa!!!

## 3 A decisão

A comissão, nomeada pelo bispo diocesano, debate o assunto, depois de estudá-la em todos os seus ângulos. Um deles levanta-se, passeia, ar autoritário, e é taxativo:
– Um absurdo!
Abre os braços, espalma as mãos:
– Claro que é um absurdo! Essa mulher é uma histérica. Estou com o Dr. Júlio César da Fonseca Filho: é um fenômeno naturalíssimo. Onde já se viu?! Sangue de Nosso Senhor...

Avaliem os senhores: Sangue de Nosso Senhor! Um sacrilégio, isto sim! E sou pela condenação imediata do embuste. Outro, examinando papéis, óculos de aro levantados para a testa, prende-se a princípios teológicos, voz pausada, doutoral:

– O que me admira é como foi possível tal fenômeno ter iludido tantos padres cultos e tantos homens de ciência. Sobretudo, iludido os muitos padres que teimam em proclamar o milagre. Nosso Senhor está na eucaristia de modo sobrenatural, e não se transforma na hóstia, transubstancia-se, o que é muito diferente.

Uma voz o interrompeu:

– Claro.

Os óculos de aro descem para a ponta do nariz:

– O pretenso aparecimento do verdadeiro Sangue do Corpo de Deus na eucaristia é antidogmático. Quem afirmar, e todos nós sabemos disto, que é milagre, está pecando e caindo em heresia...

Ajeitou os óculos, mexeu em papéis:

– Sou pela condenação.

Um padre alto e anguloso, na batina bem posta, encanecido, mãos cruzadas ao ventre, balançou persistentemente a cabeça:

– Claro. Claro.

O presidente da comissão olhou os que ali estavam, um a um:

– O que decidimos? Condenação?

O silêncio e o assentimento de cabeças foi a resposta. O presidente da comissão levantou-se:

– Muito bem: daremos conhecimento da nossa decisão ao Senhor Bispo.

## 4 A condenação

O Padre Cícero mostrava-se abatido e vencido. Os que o cercavam guardavam um silêncio respeitoso. Então, ele fala, lentamente, sentado na rede, ares de exaustão, um documento entre os dedos finos:
— E nem fui eu quem anunciou o milagre. Foi o Monsenhor Francisco Monteiro. Usei sempre de muita prudência. Como posso eu agora aceitar a intimação do Senhor Bispo e denunciar o fenômeno como embuste? Os documentos dos médicos estão aí...
Prende as mãos entre as pernas, no vão da batina:
— Não deram ouvidos nem à apelação dos padres que saíram em minha defesa. Que me condenem, não tem importância. Sempre suportei injustiças na vida. Deus é prova disto. Mas não perdoaram nem os meus amigos...
Olha a todos, como a pedir, aflitivamente, sugestões:
— E agora?...
Ninguém responde. E do silêncio destaca-se, com alegre nitidez, o canto dos pássaros nas muitas gaiolas penduradas na parede da área.
Alguém sugere, indecisamente:
— Só resta esperar a decisão da Santa Sé, padre... Até lá os ânimos podem ter se acalmado...
O padre levanta-se, o indicador da mão direita apoiado no botão da batina, põe a outra no ombro de quem falara:
— Bem pensado... Bem pensado, meu amiguinho.

\* \* \*

E naquela manhã de fim de século, depois de ter abençoado a legião de penitentes e devotos que se aglomeravam à sua janela, tomou conhecimento da nova. Sentou-se, como atingido por um raio, e deixou-se ficar ali pensativo, sem dizer palavra.

A pessoa, que lhe trouxera a notícia, deixou-o só com seus pensamentos, atravessou com dificuldade a multidão de sertanejos esquálidos a rezar, e informou ao amigo que passava:

– Já soube?
– O quê?
– A Santa Sé condenou o milagre. Amaldiçoou as medalhas com a efígie da beata Maria de Araújo e o Padre Cícero recebeu o prazo de dez dias para abandonar Juazeiro, sob pena de excomunhão e ir para Salgueiro.

O outro pôs a mão na boca, olhos estufados:
– Não diga! Vou avisar ao Zé Santeiro.

Atravessou em passos rápidos a rua movimentada e entrou na loja entulhada de santos, imagens do padre, terços, estampas e rosários.

– A bomba estourou, seu Zé!
– O quê?
– Estourou a bomba. A Santa Sé amaldiçoou o milagre. Amaldiçoou as medalhas. E acho que você entrou na dança. É bom tomar cuidado...

O homem enfureceu-se:
– Fechar a minha loja? Nunca! Eles tão do outro lado do marzão e não viram o que eu vi com estes olhos...

Com os indicadores repuxa para baixo as pálpebras.
– Com estes olhos. Foi milagre no duro! A beata Maria de Araújo, todo o mundo sabe, é uma santa. Continuo a vender os meus santos. Deus Nosso Senhor, Nossa Senhora e o meu Padrim Cícero sabem que foi milagre de verdade.

O homem encolheu os ombros:
– É com você...

– E ninguém vai se incomodar com essa besteira de condenação... você vai...
E sai para atender um freguês.

## 5 A viagem

A chuvinha rala cai lá fora e o padre olha, através da janela, a praça deserta da pequena cidade, animais dormitando embaixo de árvores. Vira-se, então, para o amigo que o ouve, ali na solidão da sacristia:

– Veja, meu amiguinho, nem aqui em Salgueiro, Pernambuco, neste fim de mundo, para onde me exilaram, me dão sossego. Vigiam-me dia e noite como se eu fosse um criminoso. Fiz muitos amigos, é verdade, mas esta perseguição não é justa...

O homem, bigode vasto, chapéu de abas largas a rodar nas mãos, deixou escorregar o palito para o canto da boca:

– Se incomode não, padre...

O padre parecia não ouvir:

– Dizem até que tenho ligações com o Antônio Conselheiro... Avalie! Aqui em Salgueiro ainda nem por isso... Mas ponho o pé fora de Salgueiro e o delegado logo se movimenta.

O palito, na boca do homem, quebrou-se em dois, e ele os cuspiu na mão, escondendo-os depois no bolso do paletó:

– Se importe não...

– Felizmente o vigário daqui de Salgueiro me conhece muito bem. E além de você, meu amiguinho, e de muitos outros que fiz aqui, Deus e Nossa Senhora também sabem do meu comportamento. Não vejo a hora de voltar para Juazeiro.

O homem tirou do bolsinho da camisa outro palito, alisou-o como se fizesse um cigarro:
— Se importe não...

\*\*\*

Atravessou a praça, seguido pela multidão de devotos e penitentes, um sorriso de felicidade nos lábios. Os gritos se destacavam:
— Viva o meu Padrim Cícero!
E a multidão:
— Vivaaaa!!!
Entrou em casa e, através da janela gradeada, abençoou mais uma vez a multidão. Trancou-se depois e encaminhou-se para a área do fundo da casa, acolhedora, e abraçou vários amigos. Olhou, com emoção, as gaiolas de pássaros. Sentou-se na cadeira de balanço, repousado:
— Como é bom voltar... Juazeiro é a minha terra. Salgueiro foi o meu exílio. Fui muito perseguido lá.
Uma voz destacou-se:
— E a viagem, padre? A viagem a Roma?
Aprumou-se, entusiasmado:
— Para breve. Muito em breve. Já tenho o dinheiro, conseguido com os amigos. Preciso me defender pessoalmente. Vocês não concordam?
Todos:
— Claro. Evidente.
O padre levantou-se e trocou passos rápidos de um lado para outro:
— Quero falar diretamente com Sua Santidade... Leão XIII há de me receber...
Sentou-se, olhar distante, perdido numa abstração:
— Sei que esta viagem é um grande sacrifício para mim.

Roma fica quase do outro lado do mundo. Estamos em 1897, no fim do século, e tenho muito o que fazer pelos meus amiguinhos até lá. Mas é indispensável que eu prove a minha inocência a Sua Santidade...
Olhou-os num circular de cabeça:
– Não acham, meus amiguinhos?...

## 6 Sou eu, filho!

Ali, na amurada do navio, olhava o oceano sem fim, de um verde calmo e tranqüilo. O borbulhar da água provocada pelas hélices transportou-o por um instante à infância e se viu, nas águas barrentas do rio, a dar mergulhos com o grupo de amigos. O alarido de vozes fê-lo voltar-se e acompanhar, com um sorriso de bondade, o grupo de crianças que passava correndo no convés.

Depois, o silêncio caiu, e com ele pareceu aumentar o marulhar das ondas, ali junto ao casco do navio, como se fosse sob seus pés.

– Meditando, padre?...

Sentiu-se como pegado em má ação. O oficial sorria e passava, com carícia, o lenço na carneira do quepe.

– Pensando...

O oficial debruçou-se à amurada, estendeu a vista à amplidão do oceano:

– Sou Imediato há muitos anos. No princípio, eu costumava, nas horas de folga, ficar aqui olhando o mar e fazendo exame de consciência...

– É um bom exercício, meu amiguinho. Continue.

O oficial suspirou:

– Isto no princípio, padre. No começo. Mas tudo acostuma e embota os sentidos. Hoje, olho o mar, olho-o demoradamente, mas não sinto mais nada...
O padre encarou o oficial, curioso:
– O meu amiguinho acredita em Deus?... O meu amiguinho tem Fé?...
O oficial demorou-se longamente, olhando a espuma branca como leite e falou mais para si do que em resposta ao padre:
– Não sei, padre, não sei... Desculpe se o decepciono, mas não sei...
O padre tocou no braço do oficial, num gesto de carícia:
– Não me decepciona, meu amiguinho, não me decepciona. Se o meu amiguinho não sabe é porque a sala de visita da sua alma já está pronta para receber o Senhor... E ele chegará de repente, sem que se aperceba disto... São os mistérios da Fé...
O oficial por pouco não encolhe os ombros, como quem diz "pode ser"..., mas achou mais prudente mudar de assunto:
– Vai à Europa a passeio, padre?...
O padre riu com uma ponta de ironia:
– Não, propriamente, a passeio, meu amiguinho... Mas vou conversar com uma personagem muito importante...
– Não me diga que é o Rei da Itália...
– Perante Deus, mais que o Rei. Vou falar a Sua Santidade.
O oficial contraiu as sobrancelhas:
– O Papa Leão XIII?
– O Papa Leão XIII. E lhe confesso que sinto uma ponta de receio...
– Medo, padre? Por quê?
O padre deu alguns passos no convés. O grupo de crianças voltava a passar correndo e descer uma das escadas,

desaparecendo como por encanto. Numa fração de segundo, ele viu, na imaginação, a leva de crianças maltrapilhas, conduzidas por famílias inteiras de devotos e penitentes, a se juntar nas ruas da sua cidade.
— O meu amiguinho já ouviu falar em Juazeiro?
— Onde fica isto?
— No interior do Ceará...
O oficial fechou um pouco os olhos, depois os abriu para traduzir a lembrança que lhe chegava de repente:
— Ah, já ouvi falar, sim. Andei lendo nos jornais do Rio. Não foi lá que se deu um milagre espantoso? Não é lá que mora um padre que dizem que é santo e cura...
— Não é santo, nem cura nada, meu amiguinho.
O senhor o conhece, padre?
— Desde pequenininho. Chama-se Cícero...
— Isto mesmo, isto mesmo. Padre Cícero. É este o nome. Li nos jornais
O padre voltou a olhar o mar, perdido numa abstração:
— Sou eu, filho!

## 7 O Vaticano

A carruagem entrava na Cidade Eterna e o padre, pela janelinha, olhava as casas centenárias, os monumentos, as avenidas, os jardins. O amigo, ao lado, dormitava. O padre bateu-lhe na perna e ele acordou num estremeção de músculos:
— Hem!
Olhou para os lados e descobriu, esfregando os olhos:
— Estamos chegando, padre.
— Estamos chegando, mas não vejo a hora de chegar na minha terra. Desde que deixei o Brasil não vejo a hora de

voltar. Conto os dias. Acho tudo na Itália muito bonito, mas não consigo me entusiasmar por nada. Temo que aconteça o mesmo com esta Roma eterna. E já está acontecendo. Estamos entrando na cidade, e sinto-me apenas cansado e com sono.
– O senhor terá muito o que ver, padre. O Vaticano é uma beleza.
– Eu sei que é, meu amiguinho. Estou curioso para conhecer. O Vaticano é outra coisa. Sinto que o meu coração bate mais forte, quando vejo que Nosso Senhor me deu esta oportunidade de visitá-lo. Se eu pudesse...
Agora, o movimento era grande, de carros e gente. Mas o padre via um outro mundo, com muito mais nitidez:
– Se eu pudesse...
– Sim, padre...
– Se eu pudesse, trazia comigo todos os meus amiguinhos de Juazeiro para visitarem o Vaticano.
Entrou na Praça de São Pedro e a emoção foi tão forte que pesou no seu coração. Teve palavras apenas para dizer:
– Sinto-me mal nesta batina nova. Como se eu estivesse embrulhado. Que mal havia se eu viesse com a outra?...
O padre, que o acompanhava, balançou a cabeça numa negativa que era uma repreensão:
– Aquilo não é mais batina, padre. Que vexame o senhor nos fez passar quando visitou os membros do Supremo Tribunal metido naquele molambo.
– Ainda está muito boa. Andei com ela no navio e aqui em Roma...
O acompanhante murmurou, para não ser ouvido:
– Deve ter causado um escândalo...
Entraram nas salas do Vaticano e o acompanhante notou que o padre andava como em êxtase, deslumbrado.

Com passos lentos, aproximou-se de uma bela obra de arte e se deixou cair de joelhos, contrito e comovido. O acompanhante balbuciou:

– É *La Pietà*[2], de Miguel Ângelo, padre...

## Fui compreendido!

O padre passeava nervoso dentro do quarto, a apertar as mãos. Pela janela via, lá fora, na praça, a fileira de tílburis à espera de freguesia. Multidão nas capelas. Homens bem vestidos, de cartola e bengala, atravessavam a rua. Passou um bonde, a tração de animais, tilintando alto. E o padre, ali na janela, lembrou-se das velhas carroças, apinhadas de flagelados, que chegavam a Juazeiro. Por um instante, esqueceu o seu nervosismo e palpitou de saudade do seu mundo lá muito distante, do outro lado do oceano, perdido num sertão inóspito. Por um instante, apenas. As duas freiras que atravessavam a rua trouxeram-lhe o nervosismo, que o deixara quase insone durante a noite. O amigo, sentado à beira da cama, voltava a repetir:

– Calma, padre. Afinal, ver o Papa não é coisa do outro mundo...

Voltou-se para o amigo e começou a passear de um lado para o outro, mãos cruzadas no peito, contrito, metido na batina nova:

---

[2] A tradução exata de "La Pietà" é "piedade", "compaixão". Os italianos designam com esse nome as esculturas que representam a Virgem Maria, sozinha ou acompanhada de São João e das Três Marias, tendo no braço ou no regaço o corpo de Jesus sacrificado. (N. do E.)

— Eu sei, meu amiguinho, eu sei. Para que eu fiz esta viagem? Mas é natural que me sinta nervoso.

Sentou-se numa cadeira, sem muito jeito para puxar a batina nova, que o atrapalhava:

— O Santo Padre vai tomar conhecimento de toda a verdade... Vou abrir a minha alma para ele... Que horas são?

— Acalme-se, padre. Ainda é cedo.

O padre ficou ali a bater com a sola do sapato no chão, como a contar os minutos.

\*\*\*

O grupo de amigos, padres e leigos, que o esperavam na ante-sala de audiências, levantou-se unido quando o padre saiu, cabeça baixa, indiferente, sem dar conta dos presentes e da pergunta curiosa do baixinho, pescoço sumido na gravata estofada:

— Então, padre?

Só lá fora, ao sol, na Praça de São Pedro, parou, encarou todo o grupo que o seguira atrás e fez um ar de riso doce:

— Sua Santidade é um Santo!

O mesmo baixinho insistiu:

— E então?

O padre continuou andando, mãos sumidas nos bolsos da batina nova, que farfalhava como uma árvore ao trocar os passos:

— Conversamos muito. Sua Santidade deu-me muitos conselhos. É um santo, meus amiguinhos, um santo!

Parou, olhou para o céu muito azul, coberto de pombos em revoada, e suspirou fundo:

— Estou perdoado. Fui compreendido. Isto é o que importa. Valeram todos os sacrifícios.

Pegou no braço do padre moço, puxou-o para bem perto de si:

– Preciso voltar logo logo. Não agüento mais de saudade. Meus amiguinhos estão me esperando em Juazeiro. Fui absolvido pelo Supremo Tribunal e pelo Papa. Cumpri o meu dever. Agora, devo voltar para casa o quanto antes.

E saiu andando ligeiro, à frente de todos, como seguindo uma estrada, que o levasse, dali e diretamente, à sua distante cidade.

## Capítulo IV

### 1 O médico

O homem de voz fanhosa chegou na cidade sem ser muito percebido. Procurou entrevistar-se com o padre e foi recebido com cortesia.
— Sou médico, padre.
O padre entusiasmou-se:
— Médico?!
As mãos espalmaram-se quase em defesa:
— Pouco exerço a profissão...
— Ah...
— Venho da Bahia...
— Pretende se demorar?
No seu jeito de andar, corpo meio mole, não muito firme nas pernas, deu alguns passos:
— Pretendo ficar, padre. Chamo-me Floro. Floro Bartolomeu.
— Juazeiro está necessitado mesmo de homens como o senhor. Gente de saber. Estamos no século vinte, 1908, e o senhor será de grande utilidade nesta cidade.
— Obrigado, padre.

A luz mortiça do lampião projetou a sombra dos dois na parede, às vezes ampliada, às vezes encolhida, até alta noite.

★★★

O padre ouvia a conversa tumultuada. Aquilo tudo lhe parecia muito confuso. A voz destacou-se:
— O senhor não acha que temos razão, padre?
O padre balançou a cabeça, eximindo-se:
— Política? Falem com o Floro. Ele entende disso. O que não quero é que briguem.
As opiniões eram as mais diversas. O velho, chicote na mão, chapéu de abas largas, levantou-se e encarou a todos:
— No meu município, mando eu. Tenho os meus homens para defender meus direitos.
O outro, magrinho, firme na ponta dos pés, olhar autoritário, encarou o velho:
— E na minha cidade mando eu! Cabra seu que aparecer por lá, prendo! E não solto fácil!
Dedos em riste, acusavam-se. Vários entraram na discussão.
E o padre olhava para os tijolos do chão, como a contá-los. Uma voz destacou-se:
— Afinal, viemos conversar com o Padre Cícero para chegarmos a um acordo. E pelo que vejo, estamos desrespeitando a sua casa...
O silêncio caiu, rápido. E entre dois pigarros, uma voz saiu sumida:
— Desculpe, padre...
O padre, então, encarou-os e sua voz era mais de súplica:
— Eu peço mais uma vez: procurem o Floro. Só não quero que briguem.

## 2 O pacto de paz

O padre verificou, com satisfação, que todos os coronéis da região estavam presentes ou representados. O Dr. Floro cochichou-lhe alguma coisa ao ouvido e ele fez sinal de assentimento.

Mostrava-se emocionado:

— O meu amigo Dr. Floro disse-me agora, ao ouvido, que esta reunião representa muito mais o povo do Ceará do que a Assembléia, em Fortaleza...

Alguns sorriram. E o padre prosseguiu, ar de contrição, o polegar apoiado no botão da batina:

— Estou muito agradecido, meus amigos, por terem atendido ao meu chamado. Como sabem, convidei-os para virem aqui a pedido do meu amigo Dr. Floro. Precisamos assinar um pacto de paz. Os senhores são os chefes políticos da região e só com a união de todos este sertão poderá ser pacificado. Eu faço o que posso. E não posso muito.

Mostrou-se ainda mais humilde:

— Tenho até muitos inimigos. Exilaram-me para Salgueiro, em Pernambuco. Fui obrigado a ir a Roma, defender-me diante de Sua Santidade. Continuam dizendo que não cumpro as resoluções da Igreja. A perseguição prossegue, mas tudo o que faço, os senhores estão de prova, é por amor dos meus fiéis... Nosso Senhor e Nossa Senhora sabem disto.

Muitas palmas. O padre ouviu-as de cabeça baixa, depois, apoiou a mão na mesa:

— Precisamos acabar com a proteção de criminosos, com as deposições de chefes políticos por outros chefes políticos, e nos unirmos em torno do excelentíssimo senhor Doutor Antônio Pinto Nogueira Acioli, nosso honrado chefe e presidente do Estado...

Sua voz saía pausada e monótona. Alguns dos presentes abanavam-se e outros mostravam-se sonolentos. O sol reverberante da uma hora da tarde sufocava como uma estufa naquela sala da Câmara Municipal.
O padre a falar, a falar. Um velho chefe político, colarinho apertado e sem gravata, queixou-se ao vizinho:
– Tomara que termine logo... Estou morrendo de sede...

## 3 O político sabidão

No bar, o estudante, a tomar cerveja, e a olhar, na rua ensolarada, os penitentes e devotos a ir e vir, terças e rosários na mão, comentou irônico:
– Este povo esquecido rezando debaixo deste sol dos diabos e o padre lá dentro metido com a velharia mais podre da região, a discutir o retrocesso do Estado...
O homem gordo, que o servia, mostrou-se surpreso:
– Está falando do meu Padrim Cirço, a luz deste sertão?
O estudante, os vapores da bebida a dar-lhe coragem, soltou um murro no balcão:
– Dele mesmo! Foi a Roma, falou com o Papa, e o que adiantou? Me diga: o que adiantou? Continuou incentivando a fabricação dessas medalhas e santos com o retrato dele que é um escândalo. E depois se queixa que a Igreja Católica o persegue. Avalie você!
Soltou um arroto sonoro:
– Quando o mandaram para Salgueiro, no tempo em que apareceu aquela santa de mentira, deviam ter deixado ele por lá. Voltou para continuar incentivando isso aí...
Estirou o beiço em direção aos penitentes que iam e vinham.

O dono do bar mostrava-se aflito. E o estudante, calmo:
— Essa reunião que estão fazendo, na Câmara Municipal, com os chefes políticos da região, é uma vergonha, meu amigo! Uma vergonha! O padre, além de santo, deixou se levar por esse político sabichão, o tal de Dr. Floro Bartolomeu. Veio da Bahia, toda gente sabe, viver à sombra do padre, enriquecer às suas custas... Merecia cadeia! Outra cerveja!

O dono do bar, àquela hora deserto, ficou indeciso para servi-la. O estudante insistiu, rápido:
— Vambora! Outra cerveja!

O homem gordo serviu-o, entre tímido e apavorado. Alguém poderia entrar no bar e ouvir tamanhas heresias.

O estudante, palito de fósforo nos lábios, apontava, irônico:
— Não sei como é permitido uma coisa dessas: uma legião de famintos a rezar noite e dia. Caso de polícia! De polícia!! E quem é o culpado, quem? Me diga...

O homem gordo tremia e não balbuciou nada.

O estudante quebrou o palito nos dentes, cruzou as pernas:
— Ora, quem, o padre, claro. E o seu lugar-tenente: esse tal de Floro, o sabidão...

Já meio tonto, queria parecer corajoso:
— E pensa que tenho medo de falar isso tudo? Essa cidade está cheia de criminosos, eu sei, mas não tenho medo deles. Quase grita para a rua:
— Apareça um homem!!

Encarou o dono da venda, pegou-o pela camisa:
— Olhe, meu amigo, cheguei hoje de Fortaleza e estou indo de férias para o Crato. Parei aqui só para ver isto. E já vi demais. E no século vinte! Vamos para 1912, meu amigo, 1912!

Bebeu a cerveja quase toda, em goles rápidos. Limpou a boca e apontou em direção à Câmara Municipal:
– Estão lá dentro fazendo um pacto de paz. Pacto de Paz!! Pois sim. São justamente eles, essa velharia política, que cometem os crimes, mandam e desmandam, e o que é pior: sustentam no poder aquele velho oligarca que governa o Ceará desde que Cabral descobriu o Brasil. Não sabia? Pois lhe digo, meu amigo: quando o Pedro Álvares Cabral chegou por aqui encontrou um velho e se espantou: "Dr. Nogueira Acioli, o que o senhor faz por aqui?" "Não sabia, almirante? Sou presidente de uma vasta região desta terra, que se chamará um dia Ceará".

O estudante coçou o nariz:
– E ainda querem conservar esse homem no poder... Mas ele cai. Ora, se cai... Em Fortaleza, ninguém mais suporta o velho...

Meio tonto, pôs a cédula no balcão. Ar de deboche, arrotou forte e fez continência, batendo os calcanhares:
– E viva o meu Padrim Cirço!
Saiu para o sol e o dono do bar suspirou.

## Capítulo V

### 1 A oligarquia

O Dr. Floro Bartolomeu, ainda de pijama, manhãzinha cedo, recebeu a notícia:
– Dr. Floro, o Dr. Antônio Pinto Nogueira Acioli foi deposto. Para o seu lugar foi indicado o nome do Coronel Franco Rabelo.
O médico exclamou, a escova de dentes na boca:
– O quê!
– Certo...
Permaneceu um pouco pensativo e despachou a visita:
– Obrigado, João.
Não contava com aquilo. O Coronel Franco Rabelo no poder era a sua perdição política. E a perdição política de todos os seus amigos, coronéis dos municípios vizinhos. Precisava agir com urgência. Telegrafaria ao General Pinheiro Machado. Ele interferiria junto ao Presidente Hermes da Fonseca. Usaria a força do Padre Cícero. Faria o possível e o impossível para trazer de volta o Dr. Antônio Pinto Nogueira Acioli.
Aprontou-se às pressas, expediu ordens:
– Chamem o Zé de Borba... Chamem o Zé de Borba...

\* \* \*

No palácio do governo, em Fortaleza, o Coronel Franco Rabelo fala aos presentes, sempre aclamado:
– Derrubamos a oligarquia! E agora acabaremos com o banditismo que infesta o interior! Liquidaremos com os exércitos particulares dos coronéis! E não permitiremos que façam de Juazeiro o seu quartel-general! A população de Fortaleza deu-me esse encargo! E vou cumpri-lo!
– Vivaaaa!!!
Na rua, em frente ao palácio onde a multidão se aglomerava, um popular mostrava-se indiferente a tudo aquilo. Lia um jornal do exterior. Comentou, lívido, ao mais próximo:
– Que coisa pavorosa! O *Titanic*...
O outro franziu a testa:
– Quem?
– O *Titanic*...
E o homem, intrigado:
– Quem é ele?
– Ora, seu bobo, o *Titanic* é um navio e afundou!

## 2 Começa o conflito

A população de Fortaleza preparava-se para o Natal, quando a notícia se espalhou como um rastilho:
– O Padre Cícero começou a briga!
No quiosque, na Praça do Ferreira, intelectuais comentavam a novidade e tomavam cerveja, a rodar o chapéu de palheta na ponta da bengala. O baixinho, enfezado, mostrava-se renitente no seu ponto de vista:
– Não é coisa do Padre. É trabalho da sua eminência parda, esse tal de Floro Bartolomeu, responsável pela entrada

do padre na política. O Padre Cícero nunca fez política, vocês sabem.
O de colarinho duro, pescoço comprido, livro debaixo do braço, ar doutoral, indicador de mestre-escola:
— Ora, meu amigo: o padre é responsável, sim. Deixar-se levar para a política não lhe tira a culpa. E tem mais: ele vai ceder todos os seus afilhados para pegarem em armas contra o Coronel Franco Rabelo. Então, não é culpado?...
O de cabeleira basta, poeta, abriu-se em gestos largos, como se declamasse um poema:
— Veja a ousadia do Floro: arvorou-se presidente do Estado! Presidente do Estado!
O romancista pôs o dedo na cava do colete e fez uma pergunta que era mais uma interrogação a si mesmo:
— E como reagirá o nosso Coronel Franco Rabelo...?
O de colarinho duro não teve dúvidas:
— Você verá.
E apontou para o povo que transitava na rua, agrupava-se nas esquinas, numa inquietação que era um começo de tempestade.
Resolveu ali o problema, em dois tempos, com um murro na mesa, que fez escorrer a espuma de cerveja dos copos:
— Se eu estivesse no lugar do coronel, não teria duas medidas: mandava um batalhão militar, bem armado e municiado, liquidava com a sublevação de Juazeiro, trazia presos para cá todos os chefetes políticos e mais o padre e...
Alguém interrompeu:
— E a população de Juazeiro vai permitir que tirem o padre de lá?
— À bala, permite.
Então, todos fizeram silêncio, convencidos da coragem do homem de letras de colarinho duro.

## 3 A tropa

A tropa marchava, despertando a população da capital, naquela manhã de nuvens baixas, a prenunciar chuvas fortes. Homens despenteados e mulheres de xale ao ombro espiavam pelas frestas de portas e janelas aquele batalhão sem fim, a pisar firme o calçamento irregular da cidade.

O quitandeiro, à porta da sua venda, em frente à praça da estação ferroviária, comentou para a mulher:
– Você acha que essa tropa vai conseguir dobrar o padre, Maria?

A mulher, devota do Padre Cícero, benzia-se:
– Que Deus proteja ele.

O quitandeiro mostrava-se cético:
– Não acredito que derrotem o padre...

Olhou para os lados, temendo que as paredes tivessem ouvidos. O que presenciara, na capital, durante todos aqueles dias, dera-lhe a convicção de que falar em derrota era o mesmo que entregar o corpo às varas. Chegara do interior há pouco tempo e abrira aquela quitanda para viver em paz na cidade grande. Mas nunca vira tanta gente indignada, a correr a cidade, a gritar, a se amotinar, disposta a trucidar Juazeiro. Fechara a sua quitanda, dois dias atrás, quando as explosões de ódio atingiram o auge. E, às pressas, escondera a imagem do Padre Cícero que sua mulher trazia no oratório.

Agora, via aquela tropa preparada correndo, marchando duro em direção à estação, onde tomaria o trem e partiria para a zona sediciosa e tentaria derrubar, pela força, o governo rebelde Dr. Floro Bartolomeu.
– Será que essa tropa agarra o padre, Maria?

No mesmo instante, a tropa parava em frente à estação e o comandante fazia continência ao agente:

– Coronel Alípio de Lima Barreto, comandante do batalhão.
– O trem está pronto?
O homenzinho esfregou as mãos:
– Está, sim, Coronel.
– Pois muito bem.
Virou-se para os comandados:
– Batalhão, sentido!!!
E deu ordem para todos tomarem os vagões.

\*\*\*

A locomotiva resfolegou, desprendendo muita fumaça, e parou num entrechocar de ferros. Das janelinhas dos vagões, os soldados saudavam, bonés na mão, a população assustadiça da pequena cidade sertaneja.

O Coronel Alípio desceu à plataforma e cumprimentou a comitiva que os viera recepcionar. Deu uma ordem aos seus oficiais e, minutos depois, a soldadesca espalhava-se aos grupos, alegre, soltava vivas ao Coronel Franco Rabelo.

O homenzinho franzino, bigode a cobrir-lhe a boca, falou humilde ao Coronel Alípio:

– Seja bem-vindo a Iguatu, coronel!

O coronel correu a vista superior pela estação, pelos seus soldados, pela população que os olhava com misto de medo e assombro, e foi taxativo:

– Vou trazer, talvez sem dar um tiro, o padre comigo.

Os membros da comissão baixaram a cabeça. E o coronel, decidido:

– Obrigado pela recepção. Mas não nos podemos demorar. A tropa está cansada. Os vagões eram poucos para o número de praças. Foi muito lenta a viagem de Fortaleza até aqui, em Iguatu. Vamos diretos para o Crato, e a pé.

O mesmo homem franzino arriscou:
— É uma viagem muito longa e perigosa, coronel. Este sertão, daqui até o Crato, está infestado de jagunços³.
O coronel plantou-se firme nas pernas:
— Sei como tratá-los.

## 5 A tropa está exausta

Estropiada, andando mais em grupos dispersos do que marchando, ao peso das armas e das mochilas, a tropa entrou, naquele entardecer, na cidade quase deserta. Muitos dos praças, sem ordens recebidas, estiraram-se pelas calçadas. Pediam água às pessoas que apareciam às janelas.
O Coronel Alípio e seu comando de oficiais procuravam manter o prumo e esconder a exaustão. O comitê de recepção veio-lhe ao encontro. Ofereceram cadeiras e para ele, o comandante, uma cadeira de balanço. Ele a recusou, mas pediu água. Estendeu a vista pela cidade semidesértica:
— O que está acontecendo com Crato? Não vejo ninguém nas ruas.
O chefe do comitê de recepção mostrava-se menos aflito, agora que a tropa chegara de Fortaleza para defender a cidade:
— Um alívio a chegada do batalhão, coronel! A população da cidade, com medo, fugiu quase toda para as fazendas e sítios.

---
³ Jagunço designa um sertanejo valente, bravo, fanático. Muitos dicionaristas julgam que o termo venha do tupi, *jaguar*, que significa "tigre". (N. do E.)

Os boatos são muitos. Dizem que os jagunços do Padre Cícero tomarão a cidade do Crato a qualquer instante. A chegada do senhor com a tropa foi um alívio para nós.

O coronel bebeu o copo d'água em goles lentos, passou o lenço na testa e na carneira do quepe, bateu um pouco o pó vermelho que lhe cobria a farda:

– Minha tropa está exausta. Tivemos que fazer uma grande volta, para evitar as cercanias de Juazeiro e sermos tomados de surpresas. Foram muitos dias de viagem puxada.

Olhou para a sua tropa: uma sombra daquele batalhão garboso que saíra de Fortaleza numa manhã meio chuvosa. Soldados estirados pelas calçadas, outros descalços, outros a dormir, escorados em árvores. Armas abandonadas, em pilhas. E o coronel justificou:

– Meus homens estão exaustos, é natural. Felizmente não fomos atacados por nenhum grupo de jagunços.

Mostrou-se estratégico:

– Isto prova que Juazeiro está apenas com fanfarronice.

Um dos presentes, numa tímida contestação:

– O senhor acha?...

– Claro. E já soube que chegaram telegramas de Fortaleza ordenando-me a atacar Juazeiro o mais rapidamente possível. Pois vai ser assim.

Aceitou, por fim, a cadeira de balanço. Sentou-se nela com prazer, e todos os oficiais o imitaram, sentando-se em cadeiras comuns. Então, o coronel ficou mais cômodo para continuar com sua exposição:

– Vamos acabar com essa tolice do Padre e do Dr. Floro rapidamente.

Virou-se para o farmacêutico da expedição, ali ao seu lado:

– Holanda, veja se alguns dos homens estão precisando de ajuda.

E sentenciou, batendo firme os calcanhares no chão e levantando-se:

– Quero a tropa em ordem para atacar Juazeiro. E não vou fazer isto de surpresa: vou avisar ao Padre, pelo telégrafo, que em breve irei tomar café com ele.
Expediu ordens aos diversos comandantes de unidades.

## 6 Todos ficaram pensativos

O Coronel Franco Rabelo, no seu gabinete, no palácio do governo, em Fortaleza, lia os telegramas silenciosamente. Os que o cercavam não diziam palavra, mas a decepção e a surpresa estavam nos olhos de todos.
O Coronel levantou-se, foi até a janela, falou de lá, de costas:
– E agora?
Ninguém respondeu. Um dos seus secretários entrou, descobriu aquele ambiente pesado e perguntou ao mais próximo:
– O que houve?
O outro cochichou-lhe ao ouvido:
– Um desastre a expedição do coronel Alípio! Os jagunços de Juazeiro correram com ele e houve muitas mortes.
O secretário pôs a mão na boca:
– Santo Deus!
O Coronel Franco Rabelo voltou à sua mesa, mexeu nervosamente em papéis, e mostrou-se pela primeira vez irritado:
– E houve deserções! Isto eu nunca esperei: soldados da minha polícia desertarem com medo de jagunços...
Ninguém se manifestou.

★★★

Na Praça do Ferreira, centro da cidade, a notícia do desastre da expedição dominava todos os grupos. Na roda de intelectuais, no quiosque, o homem de letras de colarinho duro mostrava-se constrangido. O poeta da cabeleira basta provocava-o:
— E então? Você não falou que à bala o padre entregaria os pontos... Pelo que sabemos a conversa foi diferente.

Os outros da roda fizeram-lhe sinal para que não constrangesse mais ainda o homem de letras de colarinho duro. Mas este, como saindo de um torpor, bateu com a bengala na mesa, encarou os amigos um a um, e o silêncio que se seguiu chamou a atenção até do garçom que os servia. E ele insistiu, convicto:
— À bala, sim! À bala! Mas eu não sabia que esse comandante Alípio não é comandante nem de tropa de burros.

A mão se ergueu e a contestação veio rápida:
— Espere aí! O comandante Alípio é um grande comandante! Fez o que pôde. Veja o número de baixas... Veja o número de baixas... O que ele não sabia, e ninguém sabia, é que o padre está muito mais forte do que se pensava.

O homem de letras de colarinho duro pediu café, visivelmente nervoso, e mexeu demoradamente o açúcar com a colherinha, o que o fez acalmar-se mais. Falou, então, pausadamente, mais para si do que para os colegas presentes:
— Vocês sabem o que sofremos debaixo do velho oligarca. E se isto se repetir...

O poeta de cabeleira basta solidarizou-se com ele, esquecido da provocação de instantes atrás:
— Não se repetirá... O Coronel Franco Rabelo encontrará uma saída...

Chegou nesse instante um outro elemento do grupo, puxou uma cadeira e entrou direto na conversa:

– O que desmoraliza é que o próprio comandante Alípio chegou a telegrafar ao padre dizendo que iria tomar café com ele...

Todos ficaram pensativos.

## 7 O canhão

A notícia espalhou-se rápida por toda a cidade. Ninguém falava em outra coisa. Nos bondes, nos quiosques, nos cafés e bares, nos armazéns da Ponte Metálica, entre os banhistas da Praia de Iracema, entre vizinhas das chácaras da Aldeota, Alagadiço e Benfica. Até o Coronel Franco Rabelo se mostrou entusiasmado com a novidade. Seria a solução. Rabelistas foram procurar o homem da idéia salvadora. Pedir minúcias. E o homem da idéia salvadora explicava tudo com muitos pormenores, apresentava desenhos, cada detalhe uma fagulha a iluminar a grande solução. Um dos rabelistas, o mais cético de todos, franziu a testa:

– Mas um canhão, seu Emílio Sá?...

– Um canhão.

– Eu sei, o senhor já explicou tudo, a cidade só fala nisto, mas...

– Mas o quê?...

O homem mostrou-se indeciso, não queria deitar água fria em tanto entusiasmo:

– Temos condição, aqui em Fortaleza, de fabricar um canhão?

Emílio Sá passeava, um rolo de papel na mão:

– E por que não? Já está tudo planejado. Só um canhão dará cabo de Juazeiro. Bastará um bombardeio de poucos tiros:

o Padre e o Dr. Floro com o seu estado-maior se entregam e a jagunçada foge para o mato.

Pôs a mão no ombro do rabelista:

– Não se preocupe. É tudo por minha conta, com o meu dinheiro.

A cidade rabelista dava vivas a Emílio Sá. E passou a aguardar ansiosa que o canhão ficasse pronto e fosse transportado para as cercanias de Juazeiro, arrasasse a cidade e acabasse de uma vez com essa sedição que estava afundando o Estado do Ceará. Emílio Sá por onde passava era abraçado, cortejado, e rodas se formavam em torno dele pedindo explicações sobre o tipo de canhão que ele mandara fabricar. A todos explicava como seria a peça, com muitos dados, e não se cansava de bater no peito:

– Sou rabelista da primeira hora! Meti-me na política contra o velho Nogueira Acioli e perdi com isto muito dinheiro. O que vou gastar a mais com o canhão não faz diferença. Não se devem ter meias medidas para lidar com os sediciosos de Juazeiro. Só à bala mesmo!

Na fundição, o Mestre, sob um calor de estufa, deitou o seu olhar experiente:

– A liga está boa...

O ajudante balançou a cabeça:

– Posso estar errado, Mestre, mas no primeiro tiro o canhão se esfarela.

Da fornalha, explodiam lampejos de luz cegante, provocados pela alta temperatura do coque. A liga metálica borbulhava como sopa grossa. Para ela o Mestre apontou o seu dedo nervoso:

– Conheço liga, seu coisa! Dou lição até em inglês! Em inglês, j'ouviu! Fui chamado para dar meu parecer sobre o material das locomotivas que chegaram, fui lá, balancei a cabeça discordando, e o que aconteceu? Toda gente concordou

comigo, até os que vieram do estrangeiro. Um canhãozinho deste para mim é sopa. Se o Exército me contratasse... não é para me gabar, mas eu queria ver qualquer nação estrangeira falar grosso...
Mudou de assunto, rápido:
– Não fique aí parado, criatura! Vambora preparar a forma. Chame os outros.
E pela noite adentro e por vários dias o movimento na Fundição foi desusado. A fornalha queimava no limite de sua capacidade e o grupo de operários, em macacões surrados, iam e vinham dentro do velho galpão como baratas tontas, sob as ordens do Mestre.
Rabelistas de prol entravam e saíam suspirando aliviados, comentando para os curiosos:
– Com esta arma que estamos fabricando Juazeiro vai pelos ares.
Um deles, muito bem vestido, bigodinho de cera, saiu da Fundição, a bater o chapéu de palhinha em vários pontos do paletó, como para livrá-lo de fagulhas, riu com ironia:
– Pelo que vi, o Padre foge em dois tempos.
Uma mulher, trouxa de roupa na cabeça, que ali parara um minuto para saber notícias do canhão, abriu os olhos de espanto:
– O senhor acha, doutor?...
Ele pôs a mão no ombro da mulher:
– Não acho, minha velha. Tenho certeza.
Ela deixou a trouxa segura apenas com uma das mãos e tapou a boca com a outra:
– Santo Deus!
Lá dentro o Mestre dava explicações e explicações. O calor era sufocante. Visitantes reclamavam e procuravam abanar-se com a gola do paletó. O Mestre olhava-os superior:

– Vossas Senhorias me desculpem, mas isto aqui não é lugar para gente de escritório.
O jornalista entrou procurando Emílio Sá. Correra a cidade toda. Precisava entrevistá-lo. O Mestre informou:
– Seu Emílio vem pouco aqui. Anda pela cidade, fazendo a campanha da arma que estamos fabricando...
O jornalista resolveu entrevistar o Mestre:
– O senhor é responsável pela fabricação da arma?...
Fez-se de humilde:
– Bem... Sou e não sou. Fizeram aí uns desenhos, o senhor vê, gente que só sabe usar papel e tinta... Mas o canhão vai nascer mesmo é aqui...
E circulou o indicador por toda a oficina.
– E aqui...
E apontou para a própria cabeça.
O repórter arqueou as sobrancelhas:
– Não me diga!... O senhor acha mesmo, Mestre, que essa arma vai funcionar direito?...
Riu com ironia para o jovem:
– Olhe aqui, rapaz, a nossa desgraça é pensar que só quem fabrica essa espécie de brinquedo é inglês e alemão. Pois aqui no Ceará podemos fazer até melhor... Temos ou não temos cabeça igual à deles?
– Temos.
– Então...
O repórter não se mostrava satisfeito:
– Bom... é possível... Mas não temos linha de montagem...
– Linha de quê?
– De montagem.
O Mestre, mostrando-se impaciente, que vários operários o chamavam para um problema urgente, encarou duro o jornalista e enfiou as mãos nos bolsos remendados do macacão de mescla:

– Para acabar com a conversa, seu jornalista, fique sabendo que aqui... Isto mesmo: aqui nesta fundição, podemos fazer até automóvel... Ando até pensando em fazer um... E vai sair mais bonito e vai correr mais do que essas aranhas que vêm de fora, compreendeu? A desgraça do cearense é não acreditar na sua inteligência e se acovardar logo diante de qualquer nome difícil...
Virou-se para o jornalista:
– Linha de quê mesmo, rapaz?
– Linha de montagem.
Fez uma meia volta, o braço estendido, como a mostrar a evidência:
– Estão vendo? Estão vendo? Mas o que vale mesmo é isto aqui...
E voltou a bater com o indicador na cabeça. Saiu, então, a pisar firme, cercado pelo grupo de operários, para resolver um problema surgido com o canhão.
Do grupo de visitantes, ali parados, a suar como tampa de chaleira, uma voz tímida destacou-se por trás do jornalista:
– Não estou pondo muita fé nessa arma.
Todos se viraram, prontos para contestar o derrotista, mas este recebeu logo o apoio do jornalista:
– Nem eu.

## 8 O canhão dorme

Enlameados, exaustos, famintos, rotos, aqueles seiscentas praças, sob o comando do major Ladislau Lourenço, aproximaram-se de Juazeiro. Animais resfolegavam para tirar a carreta do atoleiro. Emílio Sá, aos berros:

– Burro!! Ê burro!!
Os chicotes estalavam e o canhão, pesado, atolava-se na lama.
A chuva caía persistentemente, e os dois soldados, encolhidos debaixo da frondosa oiticica, que farfalhava sob a chuva pesada, procuravam vencer um pouco o cansaço daquela viagem sem fim.
O mais escuro comentou:
– Você acha, João, que este canhão vai resolver a questão?
O outro, descalçando a bota enlameada, pendeu a cabeça:
– Sei não. Só sei é que estou com medo. Estamos andando por este sertão sem fim, debaixo desta chuva que não passa, e ainda não encontramos ninguém.
Olhou para os lados:
– Posso estar enganado, mas já chegamos bem pertinho de Juazeiro e a jagunçada na certa está acompanhando os nossos passos...
A ordem de comando chamou-lhes a atenção e eles dois agruparam-se aos demais. O canhão, ali perto, fora desatolado e colocado em posição de ataque. Chefes de unidades soltaram gritos, e agachados, em grupos, toda a tropa tomou posição de ataque. Os dois soldados amigos estiraram-se, juntos a outros da mesma companhia, perto de um barranco, e de lá viram, como surgida por encanto, a torre da igreja matriz de Juazeiro. O mais escuro cochichou:
– Não vejo ninguém, João. Parece que a cidade está deserta.
O outro, antes de responder, ouviu uma fuzilaria violenta que reboou pelas quebradas e sentiu, a poucos centímetros da cabeça, o silvar de uma bala. E o grito dos soldados deu-lhe consciência do perigo:
– Os jagunços!!
Emílio Sá, às voltas com o canhão, grita, aflito:

– A mecha! Preparem a mecha!
A boca da peça enorme abria-se indiferente em direção à cidade de Juazeiro, pronta para cuspir fogo e arrasá-la. Emílio Sá, nervoso, sob a chuva de água e de balas, enfim, deu a ordem:
– Pronto. Fogo!!!
O canhão soltou um ligeiro assovio, de sua boca saiu uma tênue fumaça, e permaneceu silencioso e indiferente àquele entrevero. Emílio Sá comandou:
– Vamos tentar outra vez. Ligeiro.
Dispôs-se com os seus comandados, às pressas, a preparar o canhão para um outro disparo. Os jagunços, a esta altura, mostravam-se a olho nu, aos grupos, às dezenas, às centenas, aos milhares. Um soldado caiu ferido junto ao canhão:
– Minha perna! Ai, minha perna!
Emílio Sá e o seu grupo com presteza afastaram dali o ferido. Deu nova ordem:
– Fogo!
O canhão silvou, soltou uma fumacinha, e dormiu novamente. Os dois soldados amigos, encolhidos sob a ribanceira, lama até nos olhos, ouviam o silvar de balas sob suas cabeças. O mais escuro cochichou:
– Vou desertar.
– Vai o quê?
– Desertar. E agora.
Saiu recuando como um lagarto e o amigo o imitou. Descobriram, então, que muitos faziam o mesmo e, fora do alcance das balas, perdiam-se na mataria, livres das armas. João, o mais claro, teve tempo ainda de ver o canhão soltar um último suspiro, uma fina fumacinha negra a sair-lhe do canto da boca, antes de perder-se na folhagem densa e com seu amigo procurar às pressas a cidade do Crato.

## 9 Coisas mal paradas

Na Praça do Ferreira, o rebuliço nos cafés era desusado. O telégrafo trouxera a notícia há poucas horas. No quiosque, os intelectuais discutiam a nova e vários, dentre eles, trocavam insultos, dedo em riste. O restaurante em frente, sempre de boa freqüência, estava àquela hora às moscas. O proprietário, ventre volumoso, avental preso ao cós das calças, comentava para os garçons:

– Eles podem tomar a capital. Mas daqui não me retiro, nem fecho meu restaurante. Se eu tiver que morrer, levo um jagunço comigo.

No mesmo instante, o homem calvo que descia do bonde saudou o amigo, pânico nos olhos:

– Já soube?

– Já.

– O canhão não deu um tiro! Um sequer! Estou pensando em abandonar Fortaleza com a família. Os jagunços já alcançaram Barbalha. Dizem que estão lá com o canhão, fazendo troça...

Do outro lado da praça, um grupo reduzido, anti-rabelista, cochichava e vibrava com a nova. O de terno de linho, palheta, bigodinho a vibrar, olhava para os lados, temendo ser ouvido, e apertava o braço de um dos presentes:

– Uma beleza, Romualdo, uma beleza! Padre Cícero chegou como uma salvação. Esse coronelzinho, que tomou o poder ilegitimamente, não demorará muito e estará no chão... Dou quinze dias.

E na roda de intelectuais, no quiosque, o poeta de cabeleira basta socou a mão:

– E o Exército que não aparece! O que está fazendo o Coronel Setembrino de Carvalho, com toda aquela guarnição

militar a fazer apenas ordem unida! O Exército é quem devia acabar em dois tempos, com a sublevação de Juazeiro! O homem de letras de colarinho duro, rabelista extremado, mostrou-se desta vez prudente:
— É uma questão de política estadual. O Exército nada tem a ver com isto. Sem ordem do Presidente da República, ele não pode fazer nada. Sou amigo do Coronel Setembrino, conheço-o bem, e não vai se mexer sem a autorização do Ministro da Guerra.
O poeta de cabeleira basta encarou-o firme:
— Estou desconhecendo você. Cadê o rabelista exaltado, que espuma de raiva todos os dias porque a nossa polícia, com canhão e tudo, está correndo dos jagunços...
A ponderação do homem de letras de colarinho duro era de fato inusitada:
— Sou rabelista e dei prova disto desde o primeiro instante para derrubar o oligarca Antônio Pinto Nogueira Acioli. Mas não misturo alhos com bugalhos. Uma coisa eu lhe garanto...
— O quê?...
— Em Fortaleza, os jagunços não entram. Isto, tenho certeza, o Exército não permitirá. Contou-me um oficial que estão apenas aguardando para ver como as coisas ficam...
Uma voz veio sumida, do canto da mesa:
— E quem está armando a tropa do Dr. Floro Bartolomeu, introduzindo armas através da Paraíba?
A resposta veio rápida, no vozeirão do melhor cronista da cidade:
— Pinheiro Machado!
A vozinha sumida mostrou-se ainda mais sumida:
— Todo o mundo acusa todo o mundo. O fato é que muitos são os boatos e poucas as provas. E enquanto isso o João Brígido, no seu jornal, diariamente ataca Deus e toda gente.

O vozeirão mostrou-se mais suave:
— As coisas estão mal paradas. Já começo a duvidar de alguma vitória nossa...
O silêncio caiu de repente.

## 10 Carta branca?

No palácio do governo, o Coronel Franco Rabelo, ladeado por todos os seus secretários, auxiliares e líderes políticos, recebe o homem franzino, de olhos vivos. Aperta-lhe a mão e vai direto ao assunto:
— Penha, a situação não vai boa, como você sabe. Preciso de você.
— Estou à sua disposição, Presidente.

O coronel convida-o a sentar-se, oferece café. Os demais guardam total silêncio. E o presidente, enquanto mexe o açúcar:
— Penha, quero que você forme um novo batalhão. Dou-lhe carta branca. Entrego-lhe o comando para acabar de uma vez com essa sedição que está arrasando o Estado.

José da Penha Alves de Souza não se mostrou surpreso. Calmo como estava a tomar o seu café, calmo a tomá-lo continuou. A expectativa era geral. O grande relógio, no alto da parede, parecia aumentar os sons dos tique-taques.

Penha põe a xícara na ponta da mesa, empurra-a com os dedos e olha firme o presidente:
— Carta branca, presidente?
— Total.

Penha continua pensativo, e o presidente aproveita o instante para entusiasmá-lo:

– No Rio Grande do Norte, você fez bonito. É um grande estrategista, todos sabem. E como capitão que é, conhece bem como lidar com uma tropa.

Penha ouve de cabeça baixa. Depois, levanta-a, olha todos os presentes, e responde calma e vagamente:

– Vou ver o que posso fazer.

★ ★ ★

No quartel de polícia, J. da Penha examina os seus comandados, cercado do grupo de oficiais. Chama um deles.

– Diga, comandante.

J. da Penha encara-o por alguns segundos e fala firme diante de todos:

– Ordenei ao senhor treinar os homens sob sua responsabilidade durante quatro horas, ontem. Não foi?

O oficial gaguejou:

– É que eu estou gripado e por isto diminuí o treino de meia hora.

– Pois vá completá-lo agora. O oficial mostrou-se indeciso:

– Mas agora, comandante, antes do rancho...

– Agora, já. E não meia hora, hora e meia. Está dispensado.

– Sim, senhor.

Bateu continência e saiu à procura do seu grupo de comandados.

## 11 Cavar trincheiras

Todo o Estado Maior reunido no gabinete, o comandante J. da Penha dava as últimas instruções:

– E não vou permitir deserção. Se um soldado desertar responsabilizo o seu comandante e perseguirei o desertor até ao fim do mundo. Quero toda a tropa reunida na hora marcada. Vou falar a todos. Quem não quiser seguir ainda está em tempo. Mas uma vez embarcados no trem, não tem choro baixo: vai lutar por sua vontade ou sob a mira do revólver. Soldado meu não corre. Andei ouvindo umas histórias de bebidas nas outras expedições. Nesta minha, soldado alcoolizado meto no xadrez, mando de volta para Fortaleza, e deixo apodrecendo um bom tempo entre quatro paredes. E total respeito e autoridade entre os senhores e os soldados. Estamos em desvantagem. O inimigo conhece melhor a região, é bicho do mato. E a nossa tropa não é nenhuma elite, os senhores sabem. A mistura é muito grande, o salvado do incêndio. Se não conseguirmos vantagem com isto que nos resta, então...

Fez uma pausa longa, olhou firme cada oficial, um a um, apanhou o quepe em cima da mesa e despediu-se:

– Bom dia, senhores.

\* \* \*

J. da Penha desceu com o grupo de oficiais na estação de Miguel Calmon e o comitê de recepção procurou saber o que esperava fazer nos próximos dias.

– Nos próximos dias, não sei. Hoje, vamos cavar trincheiras.

O velhinho gordo esfregou as mãos:

– Perto da cidade, comandante?

– Em torno da cidade e dentro dela, se precisar.

O padre, breviário ao peito, mostrava-se nervoso:

– Os jagunços estão rondando a cidade, comandante. Estão rondando a cidade. Vão tomá-la a qualquer hora.

J. da Penha olhou-o com muita calma:

– Reze para que isto não aconteça, padre. Porque para isto eles têm que passar por cima de um monte de cadáveres. Encarou o prefeito:
– Vou requisitar gado para alimentar os meus homens.

Fez um ar de riso:
– A boa retaguarda de um exército é a sua cozinha.

E conversou longamente com os maiorais da terra, inteirando-se das posições ocupadas pelos sediciosos.

A tropa, bem orientada, cava trincheiras, à pressa, sob a chuva que caía incessante. Oficiais davam ordens aos gritos. Sentinelas ocuparam vários pontos da cidade. Patrulhas foram despachadas para um estudo das redondezas.

E à noite, sob a luz de um lampião, o comandante J. da Penha discutia com o seu estado-maior, debruçados sobre um mapa. O dedo de um tenente apontou:
– Eles vão atacar por aqui, comandante.

Outros fizeram indicações diferentes. O comandante J. da Penha acompanhava a discussão coçando o queixo, para, por fim, dar o seu palpite:
– Discordo dos senhores. Eles conhecem bem o mato, mas não conhecem estratégia militar. Vêm maciçamente, de vários pontos. Se isto acontecer, não conseguirão tomar uma trincheira. Esperemos. E por falar em trincheiras, senhores, vou inspecioná-las.

Um dos oficiais ponderou:
– Com este escuro, comandante?
– Agora. E não quero mais gente comigo, o que é um perigo. Vou apenas com o meu ajudante-de-ordens.

Tossiu várias vezes.

Outro oficial lembrou:
– Sua saúde, comandante...

Já porta afora, respondeu:
– Vai boa.

## 12 O perigo continua

O dia amanhecia, sob o aguaceiro, quando a fuzilaria estrondou de todos os lados da cidade. Os comandados de J. da Penha, alertas, responderam com a mesma intensidade. E o entrevero teve início. Os poucos moradores que permaneceram em suas casas trancaram-se nelas e a cidade parecia deserta. O silvar das balas atravessava as ruas. Vidraças estilhaçavam.

Jagunços apareceram aos bandos, mas as descargas das trincheiras fizeram-os recuar para as matas próximas.

J. da Penha dava ordens aos berros:
– Mande a sua companhia abandonar as trincheiras, agora! Já! E perseguir o inimigo.
– Agora...?
– Já, homem! Agora ou nunca!

Chegavam notícias de outras frentes e ele despachava os emissários, correndo. E as balas sibilavam perto.

As horas passavam-se. As descargas, de repente, tornaram-se esporádicas. E J. da Penha tomou a decisão:
– Vamos correr com eles mato adentro. Todo o mundo vai abandonar as trincheiras e lutar de frente. Agora!

E ao anoitecer, soldados e oficiais comemoravam a primeira vitória das forças legalistas sobre as do Dr. Floro Bartolomeu. Todo o alto comando se confraternizava, mas J. da Penha não se mostrava tão eufórico.

– Tivemos poucas baixas, corremos com eles, muito bem. Mas voltam e não demoram muito. Enquanto não passarmos da defensiva para a ofensiva, enquanto não tomarmos a iniciativa da ação, o perigo continua. Vou conversar com a rapaziada, correr as trincheiras, dar-lhes os parabéns diretamente.

Um tenente advertiu-o:

— A esta hora, comandante?
— Agora.
Montou no cavalo. A noite era de breu. E a chuva persistente, que caía há dias, ainda peneirava, um chuvisco forte, varrido por uma vento brando. Ouvia-se, ao longe, conversa nas trincheiras, e os vultos das sentinelas, patrulhando a cidade, passavam como sombras pelos cantos de parede. Nenhum disparo. As locomotivas, na estação apitavam longamente, orientando os poucos soldados extraviados nas matas, saídos em perseguição dos jagunços.
O comandante J. da Penha desceu do cavalo junto à trincheira, cavada perto dos trilhos da estrada de ferro, e informou-se se tudo estava bem. Reclamou contra um fósforo aceso:
— Acendam o cigarro abaixados na trincheira. Uma luz dessa pode trazer de presente uma bala.
E troteou para a trincheira próxima.
Os demais membros do estado-maior ficaram conversando até muito tarde, discutindo a estratégia a ser empregada no dia seguinte, quando, sem nenhuma dúvida, os jagunços voltariam à carga. De repente, alguém lembrou:
— Que horas são?
— Duas e meia.
— O comandante não voltou, por quê?
Entreolharam-se. E ordens rápidas foram expedidas às trincheiras, às patrulhas, às sentinelas. Os mensageiros chegavam e saíam com a mesma resposta:
— Ninguém viu tenente.
Da trincheira próxima à linha de ferro chegou a única notícia, que orientava muito pouco:
— Esteve lá à noite, cedo, e saiu para visitar as outras.
O dia amanheceu sob forte aguaceiro e o comandante não deu sinal de vida. Um soldado, encharcado, aventou:

– Será que ele fugiu?
A bofetada do tenente fê-lo abrir a boca de espanto. O tenente pensou em desculpar-se, mas apenas deu-lhe as costas e retirou-se.
O capitão Manoel Afonso de Carvalho estendeu o braço:
– Vocês aí, e você também, e vocês lá, me acompanhem. Vamos dar uma busca. E vamos sem medo meter os peitos nessas matas, com jagunços ou sem eles.
As locomotivas apitavam sem parar. E um maquinista falou para o foguista:
– Com este barulho todo e se ele estiver perdido, só não volta se ele tiver ficado surdo.
O capitão nada encontrou, nem rastros. Formou nova patrulha:
– Tenente Júlio Marinho, dê nova busca. Leve um grupo de homens com você.
O tenente orientou-se e orientou o seu grupo:
– Vamos seguindo a linha da estrada de ferro...
Um praça contestou:
– Mas, tenente, o comandante ia fazer o quê, subindo por linha deserta, montado a cavalo?
– Não estou atrás das intenções do comandante, praça. Estou fazendo uma busca. E se for preciso, vamos a pé até Fortaleza.
Seguiram, pisando os dormentes, debaixo de chuva que era verdadeiro temporal, a vergar as árvores para o chão, a escorrer em enxurradas aos lados da linha.
Numa pequena curva, o grupo estacou. O tenente Júlio Marinho deu sozinho alguns passos à frente:
– Santo Deus!
Aproximou-se do que vira e fez sinal com o braço para que os outros se aproximassem. A patrulha deteve-se ali silenciosa, olhos esbugalhados de espanto. O cavalo, morto,

olhava o céu, dentes à mostra. O comandante, sereno como se dormisse, corpo varado de balas meio encoberto pela poça d'água.

– Ajudem-me aqui.

O tenente e alguns soldados, debruçaram-se sobre o corpo do comandante.

## 13 Guerra é guerra

A notícia correu a tropa como um raio que a fulminasse. Os oficiais, meio tontos, tomavam providências urgentes:
– Você já telegrafou para o Coronel Franco Rabelo?
– Chamem aqui o chefe da estação. Precisamos de um trem expresso para Fortaleza, para levar o corpo do comandante.

Mostravam-se temerosos sobre o efeito que aquele desastre pudesse causar à tropa. O capitão Afonso procurava não perder a calma:
– A tropa. A tropa me preocupa.

Um deles mostrava-se indignado:
– E não tiveram nem escrúpulos de profanar o cadáver. Roubaram-lhe a carteira, o relógio, o crucifixo de ouro, até a aliança. Uns miseráveis! Uns demônios!

Um civil, maioral da cidade, presenciava tudo de cabeça baixa, já convencido de que as forças do Coronel Franco Rabelo estavam irremediavelmente derrotadas, arriscou:
– Guerra é guerra!

O tenente fuzilou-o com seus olhos penetrantes, espumando:
– Cai fora, paisano! Suma-se ou mando lhe prender! E fuzilo! E fuzilo!

Outro oficial segurou-o pelo braço enquanto o civil se retirava:
— Calma.
Nas trincheiras, muitos choravam. E o baixote, que patrulhava o lado norte da cidade, falou para os elementos do seu grupo:
— Querem saber o que estou pensando?...
E antes que alguém se manifestasse:
— Esta guerra está perdida. E com a morte do comandante eu não vou morrer mais por ninguém. Vou dar o fora.
Os outros entreolharam-se, num começo de concordância.

## 14 Ninguém obedece

O trem apitou longamente, e num entrechocar de ferros iniciou sua marcha rumo a Fortaleza, conduzindo o corpo do comandante J. da Penha. A manhã clareava e o céu mostrava-se mais límpido.
O trem desapareceu na curva e o mensageiro chegou esbaforido:
— Capitão Afonso, o senhor precisa ver o que está se passando nas trincheiras. Todo o mundo está falando em desertar.
O capitão procurou reunir, com rapidez, toda a tropa. Dá ordens e contra ordens, fica rouco, revólver em punho. Ninguém lhe obedece. Perde a cabeça:
— Atiro no primeiro desertar! E para matar!
A confusão é geral. E as notícias chegam desalentadoras:
— Capitão, toda a companhia do setor norte debandou.
Descobrindo, por fim, que não podia controlar a situação, sentou-se numa cadeira e deixou-se estar, pensativo.

## 15 A luta fratricida

Os blocos cessaram as cantarias. Os cordões carnavalescos pararam de dançar. Os foliões olhavam-se e encaravam-se mudos. Nos bares e cafés, lotados e com mesas cobertas de garrafas, as conversas deixaram de ser alegres e desapareceram as risadas sonoras. Nas residências, as famílias, aflitas, temiam pelo que estaria para vir.

No quiosque, àquele dia festivo livre dos intelectuais, o proprietário falou para o empregado:

– Esta é a terça-feira de carnaval mais triste do mundo.

E via, ali na Praça do Ferreira, fantasiados passarem de cabeça baixa.

O rabelista, no canto do café, mão no queixo, esquecido dos copos, comentou para o amigo:

– Dizem que a debandada foi geral...

O amigo respondeu com a pergunta:

– A que horas chega o corpo?

– Como?

– O corpo do comandante J. da Penha. Quando chega?

O outro fez um ar de incerteza:

– Dizem que pela madrugada.

– Você vai também à estação, recebê-lo?

– Toda a cidade vai, fique certo.

Coçou o queixo, bebeu um resto de cerveja, fez careta:

– Agora, não tenha dúvida: o coronel cai.

\* \* \*

O padre olhou, através da janela gradeada, a multidão ululante que lhe dava vivas, e festejava as vitórias alcançadas sobre as forças rabelistas. Comentou para a devota:

– Não acho isto justo. E não sei mais o que fazer para evitar esta luta fratricida.

A mulher parecia não compreender o que falava o padre. Mas ele continuou, como num desabafo:

– Vou lhe confessar uma coisa: escrevi reservadamente ao Coronel Franco Rabelo avisando-o do que estava para acontecer. Ele não me ouviu. Vou declarar isto no meu testamento. E se deu justamente o que eu temia: uma luta entre irmãos.

A mulher, na sua ignorância:

– Sim, senhor.

O padre passeava, passava a mão nos cabelos, preocupado:

– Soube que morreu o Capitão José da Penha, um homem de valor. Estou rezando pela alma dele. Estão, na capital, me culpando de muita coisa, eu sei. Mas Deus é testemunha de que se não fosse devido à minha interferência teria sido muito pior.

Sentou-se na rede, juntou os pés, ficou a olhar o bico dos sapatos:

– Essa briga não é minha. Não sou político. Quando vi que eu não podia, sozinho, evitá-la, deixei, que o Dr. Floro agisse por conta dele, ele sim que é político... Cada ser humano que morre, de um ou de outro lado, e que me chega ao conhecimento...

Baixou a cabeça e falou mais baixo:

– ...me dilacera o coração.

A mulher, espanto nos olhos:

– Sim, senhor.

Encarou-a com simpatia, abanou a cabeça:

– Você é mais feliz, Maria... Não compreende estas coisas.

Levantou-se como sentindo dores:

– Nunca pensei que as coisas tomassem este rumo. Ainda não me refiz da surpresa.
Voltou a olhar pela fresta da janela:
– Continuarei lutando, até ao fim das minhas forças, para evitar o máximo possível de violência...
Voltou e segurou o punho da rede:
– A todos, velhos e moços, homens e mulheres, tenho pedido todos os dias, dia e noite, para não matar, para não roubar... para não roubar, para não matar... para amar ao próximo.
– Sim, senhor.

## 16 A devoção faz a união

A cidade mostrava-se em pânico. As notícias e os boatos corriam com o vento e renovavam-se a cada instante. Os intelectuais, reunidos no quiosque, mostravam-se tranqüilos diante de tudo aquilo. O de colarinho duro, agora sem o colarinho, na roupa leve de linho, bengala entre os joelhos:
– Pouco me importa agora que eles entrem na cidade, roubem, furtem, saqueiem, incendeiem... Não saio do meu canto, não me mexo. Se bulirem comigo, simplesmente atiro. Só isto.
E mostrou a garrucha que trazia escondida.
O romancista, os rascunhos de um novo livro que estava escrevendo ali em cima da mesa, o cotovelo pousado sobre eles, espalmou a mão:
– Não precisa bancar o herói. Isto não vai acontecer: os jagunços não entram em Fortaleza. O exército não deixará. Você mesmo garantiu isto.

– Garanti. Garanti e vai acontecer isto. Mas já agora desejo que aconteça o contrário. Já que temos um grande número de covardes, então que escangalhem logo tudo.

O poeta de cabeleira basta empurrou a xícara de café e entrou decidido na conversa:

– Espere aí! Escangalhar, escangalhem com você. A população de Fortaleza, o que tem com isto? Você viu o sacrifício que ela suportou, e a demonstração de carinho, indo em peso de madrugada à estação para receber o corpo do comandante J. da Penha.

Outro intelectual, miudinho, apoiou o poeta:

– Você está ressentido porque nós rabelistas não vencemos. E quer incendiar tudo como Roma. Ora, vá para o inferno!

O intelectual de colarinho duro, àquele dia sem colarinho, levantou-se rápido, bengala na mão:

– Repita.

– Repito: vá para o inferno!

Quis partir para quem o insultara, mas muitas mãos o seguraram e forçaram-no a sentar-se. Ficou ele ali, espumando de raiva, olhos de cobra acuada. Depois, respirou fundo, foi se acalmando, pediu água, e alguém da roda, tentando mudar de assunto, falou no Padre Cícero. A discussão tornou-se então mais tumultuada. O romancista soqueava seus originais, sem pena:

– O padre está sendo injustiçado em tudo isto, esta é a verdade. A coisa mais fácil do mundo é deitar a culpa de um desastre qualquer em alguém e acabou. Conheço o padre, e de perto. Não sou devoto, mas o padre é uma vítima de tudo isto. Vítima de sua bondade. Com ele ou sem ele, os políticos do interior ganhariam esta luta. E tem mais: de maneira muito mais sangrenta.

O baixote, enfezado, procurava contestar, mas não encontrava vez. Seu dedinho subia e descia, a cavar um aparte, mas o romancista resolvera fazer um discurso:
– Corre por aí, e todos nós sabemos, que as tropas são dele. Como dele? São jagunços dos chefetes políticos do interior, convocados por estes. Agora: se são devotos do padre é outra coisa...
O dedinho encontrou, enfim, brecha para o aparte:
– A devoção faz a união... E uniram-se em torno do nome do padre.
O romancista encarou o enfezadinho como se olhasse para uma insignificância:
– Me desculpe, Félix, mas você é pequeno demais para perceber o que voa mais alto.
O enfezadinho ficou gago de raiva e não conseguiu articular palavra. E o romancista, dono da roda, como num palco a se exibir:
– O padre é culpado, hem! Pois bem: e quantos milhares de inimigos o Coronel Franco Rabelo tem aqui em Fortaleza? A começar por vários jornalistas que conhecemos...
O poeta suspirou:
– Parece até que você fala em nome do Dr. Floro Bartolomeu...
– Ora, poeta, sua rima não faz graça. Está claro que sou rabelista, somos rabelistas, e a parte mais esclarecida da capital o é...
Enfatizou bem o pronome "o" para mostrar erudição, e continuou:
– Este Estado ainda é mandado pelos fazendeiros, pelos coronéis, e eles vão retomar o poder... só isto. O problema é mais profundo...
Olhou para o intelectual de colarinho duro, àquele dia sem colarinho, e de cabeça baixa desde a discussão momentos atrás, e procurou reanimá-lo:

– Não é assim, amigo Figueiredo!
Este levantou-se subitamente, bengala no braço, e saiu a pisar duro, pondo a palheta na cabeça:
– Boa tarde!

## 17 Aplausos

O Coronel Franco Rabelo reuniu os seus auxiliares e aproximou-se com eles da sacada do palácio. Uma multidão incalculável ovacionou-o. Ele a saudou com muitos acenos e voltou ao seu gabinete. Apertou a mão de um por um. E despediu-se:
– Muito obrigado por tudo! Fiz o que pude, mas forças mais poderosas não me querem no governo. O Coronel Setembrino de Carvalho, comandante da guarnição militar, será o interventor, por decreto federal. Ele impedirá que se lute dentro da capital. E dominará a rebelião no interior. É força do Exército e contra ela ninguém pode. A força de que dispus vocês a conheceram muito bem. Fizemos o possível, mas não pudemos fazer o impossível. Perdi muitos amigos valorosos nessa luta. E levo na saudade o meu amigo, o heróico capitão José da Penha...
Aplausos estrondaram na sala.
– Desculpem-me pelos meus erros. Minha intenção foi acabar com o poder dos coronéis do interior. Fortaleza e muitas cidades me deram apoio. Mas ainda falta muito para conseguirmos uma vitória definitiva. Deixo o governo, mas quero que todos saibam que não saio pela porta dos fundos. Lavrei o meu protesto junto à Justiça Federal.
Apontou para a janela:
– O povo lá fora, estamos ouvindo daqui, está nos fazendo justiça.

# Capítulo VI

## 1 Estirão de estrada

O camponês esquálido, camisa e calças de algodão, chapéu de palha à cabeça, alpercatas de rabicho, a rede e os mantimentos às costas, andando na estrada deserta, sob o sol escaldante, perguntou ao cavaleiro:
– Vosmicê pode me dizer pra que lado fica Juazeiro?
O cavaleiro olhou para o rendilhado de serras ao longe:
– Do outro lado daquela serra. Vai para lá?
– Sim, senhor.
– Estirão de estrada.
– Eu sei. Mas pra ver meu Padrim Cirço não é de grande sacrifício.

## 2 O duelo

Na cidade santa, apinhada de peregrinos, e nas estradas próximas a surgirem novos, a pé, a cavalo, em carroças, o vaqueiro destemido, punhal à cintura, falou ao amigo:

– Está vendo ali, naquela venda, bebendo cachaça?...
O amigo não conseguiu descobrir:
– Quem?
– O Zé Pinheiro, criatura.
– O Zé Pinheiro!
– Fala baixo. E sabe o que eu vou fazer? Vou provocar ele, e agora. Se reagir, como ele de faca.
O outro apavorou-se:
– Você tá doido, João.
O vaqueiro mostrava-se tranqüilo:
– Doido pra dar um ensino nele. Outro dia, eu estava na venda do Rufino, comprando um santo do meu Padrim Cirço, quando ele passou por mim e de propósito pisou no meu pé. Não fiz nada porque ele estava cercado de capangas. Mas agora ele tá só, e vai ver com quantos paus se faz uma cangalha.
O amigo tentou segurá-lo, mas o vaqueiro foi gritando:
– Zé Pinheiro, se prepare, desgraçado, que eu vou entregar o seu couro às varas!
Alguns devotos, que passavam por ali, correram para chamar o padre. E Zé Pinheiro bebendo estava, bebendo ficou. O vaqueiro aproximou-se, bateu-lhe no ombro:
– Encare um homem de frente, peste ruim!
Num átimo, Zé Pinheiro viu-se de frente do adversário, punhal na mão, e todos correram deixando espaço livre para os dois.
– Vou te matar, Zé Pinheiro. Juro pelo meu Padrim.
– Mata nada. Eu quando me zango, viro diabo e troco tiro até com Nosso Senhor, que dirá com uma meleca como você.
Partiu para cima do vaqueiro, que aparou o golpe no chapéu e procurou revidar, a lâmina descendo rápida a poucos centímetros do corpo do adversário. Separaram-se e estudaram-se.

Chegou um padre, esbaforido, braços abertos, meteu-se entre os dois:
— Pelo amor de Deus, parem com isto! Parem com isto!! O Padre Cícero quer falar com vocês dois, agora! Está esperando. Dê-me a faca, Zé Pinheiro.
Ele não a entregou. Pô-la na bainha, no cós das calças. E voltou a beber, como se nada houvesse acontecido. O padre virou-se para o vaqueiro:
— Dê-me o seu punhal.
O vaqueiro pensou um pouco e o entregou. O padre insistiu:
— Venha comigo, Zé Pinheiro.
Ele não se mexeu, de costas para o padre, indiferente, pernas cruzadas, a bebericar lentamente seu copo de cachaça. O padre encolerizou-se:
— Um dia você paga por isto, Zé Pinheiro. Você vive aqui dentro de Juazeiro provocando todo o mundo. Um dia Deus castiga.
Virou-se para o vaqueiro:
— E você, por que foi se meter com ele?
O vaqueiro mostrava-se humilde:
— Eu nem conhecia ele, padre. Andou me insultando. Não sou de briga. Mas não levo desaforo para casa.
— Venha comigo.
E o padre saiu, conduzindo o vaqueiro rumo à casa do Padre Cícero.

## 3 Nem conheço ele

— Volte aqui, desgraçado!! Covarde!!
O negro alto e caneludo corria com medo. O outro, na porta de uma venda, punhal na mão, fulo de raiva. Esbravejava:

— Ainda pego este negro desgraçado e mostro a ele com quantos paus se faz urna canoa.
Falou para a roda de curiosos, como num comício:
— Quis me ferir pelas costas, o desgraçado! Pelas costas! E eu nem conheço ele!
O dono da venda procurou acalmá-lo e preveni-lo:
— O senhor tome cuidado. Esse aí é o Antônio Calango. Covarde e traiçoeiro como ninguém. Nem o meu Padrim deu jeito nele.
O outro guardava o punhal. E o vendeiro:
— O senhor conhece o Antônio Vaqueiro?
— Não conheço ninguém. Sou de fora, de Quixadá. Vim aqui resolver uns negócios.
— Pois vosmicê tome cuidado. Alguém caiu aqui na desgraça do Antônio Calango, do Zé Pinheiro ou do Antônio Vaqueiro, está perdido.
O homem mostrou-se preocupado e retirou-se.

## 4 A cruz

O visitante, chegado de Recife, quis saber:
— Quem é aquele?
O amigo, residente em Juazeiro, informou:
— É o Beato da Cruz.
O visitante, já surpreso com quanta vira na cidade, surpreendera-se mais ainda:
— Que coisa estranha. O que é aquilo, uma cruz?
— É uma cruz, sim.
O velho, barba comprida, vestido à franciscano, coberto de cadarços e enfeites, surgia na esquina, acompanhado de vários penitentes, trazendo às costas uma pesada cruz.

O amigo explicou:
— Faz sempre isto. Está indo para a casa do Padre Cícero. Lá ele encosta a cruz na calçada e põe-se a rezar.

## 5 O vulto

O homem, reprimindo o seu ódio, atravessou a multidão de beatos e penitentes, ao anoitecer, e foi encontrar-se com os amigos fora da cidade, caminho das Malvas. A noite já caíra de todo, quando os alcançou. Sentaram-se numa moita de mofumbos[4]. Então, ele falou aos amigos:
— Ele hoje, passa por aqui. E vem só, estou informado. Vamos pegar o cabra e fazer o serviço...
Um deles quis acender um cigarro.
— Não fume, João. Desperta a atenção.
Ficaram silenciosos. Da cidade próxima piscavam as luzes indecisas dos lampiões, lamparinas e velas. E o sussurro de uma ladainha chegava como se vindo do fim do mundo.
Os minutos passaram-se e o vento soprou mais forte. Grupos de devotos caminhavam, rezando e conversando. O homem insistiu:
— Muita atenção, que ele vem só. Vai para a casa da pequena dele.
Um perguntou:
— Quem é ela?
— Fala baixo, criatura. É uma negra, lá do outro lado da cidade.

---

[4] *Mofumbar* é um regionalismo do nordeste que significa "esconder-se". (N. do E.)

Com o passar das horas, ninguém mais transitou pelo caminho.

Então, de repente, ouviram passos, e o vulto surgiu, andar apressado, a brasa do cigarro se destacando na noite. O homem fez sinal e todos se levantaram. O vulto aproximou-se e quando os seus passos chegavam bem perto, sentiu-se agarrado e levado, num segundo, para dentro do mato. Tentou livrar-se, mas o número de braços que o prendiam era muito grande. Um fósforo tangeu a escuridão e um rosto surgiu à sua frente:

– Lembra-se de mim, Zé Pinheiro? Sou lá de Alagoas. Pois vim te buscar.

Zé Pinheiro procurava articular palavra, mas a gravata de braço deixava-o sufocado. A mão tirou-lhe o punhal e o revólver. E o homem continuou:

– Eu soube das tuas histórias aqui no Juazeiro. Tu fez o diabo, hem, Zé Pinheiro... Puxou até um pobre defunto pelo pé até o quintal da casa e depois bebeu cachaça sentado na barriga dele... Se não fosse o meu Padrim Cirço, que chegou na hora, tu era capaz até de dar uma surra no morto, não era, Zé Pinheiro?... Pois vamos de volta pras Alagoas, vingar aquele serviço que você fez por lá, se lembra?

Fez um sinal e os homens, ligeiros e ágeis, puseram-lhe mordaça, amarraram-no todo, e saíram conduzindo-no mato adentro em direção desconhecida.

## 6 Fanatismo

O jornalista, chegado de Fortaleza, conversava com o poeta da terra:

– Juazeiro, meu amigo, não existe. Só vendo. Estou aqui faz uma semana e já não suporto mais tanta reza, tanta ladainha, tanta casa vendendo santinhos do Padre Cícero, tanta gente miserável e doente. E tanta história de crimes, de Zé Pinheiro, de Antônio Calango, de Antônio Vaqueiro... Nunca vi tantas arruaças e tantos benditos...
O poeta, na fresca do alpendre, na cadeira de balanço, fez um ar de riso antes de responder:
– É natural numa cidade que cresce...
O jornalista insistiu:
– Mas você não acha que há um despropósito muito grande entre rezar e matar?...
O poeta fez um gesto largo, indicando toda a cidade: Juazeiro nasceu por causa de um homem: Padre Cícero. Em poucos anos, fique certo, será um dos maiores centros comerciais do Nordeste. Para cá, vieram e continuam vindo gente de todas espécies: camponeses humildes, pequenos roceiros, sabidões interessados em ganhar dinheiro, abrindo vendas e casas de santos, e até criminosos... Você já viu uma cidade nascer e crescer no garimpo?
– Não.
– Pois eu vi. E só há uma diferença: é que no garimpo não tem rezas. O resto é igual, ou quase...
O sol reverberante batia nas pedras da rua e o seu reflexo doía nos olhos. O vento morno não tangia o mormaço. O jornalista pediu água, abriu um botão da camisa e abanou-se com as mãos. Olhou para a praça e sentiu pena daquela gente esmolambada que ia em direção à igreja ou saía de lá.
– O que você acha do padre?
O poeta balançou-se um pouco, depois susteve o embalo de repente, cotovelos nos joelhos, punhos no queixo:
– Acho-o um homem formidável...

– Está brincando?
– Falo sério. É um eterno caluniado. Moro aqui há muitos anos e sei o que ele tem feito por esta gente... Socorre a todos que o procuram.

O jornalista mostrou-se surpreso:
– Mas, meu amigo, no fundo, ele alimenta este fanatismo... Eu fiz a cobertura jornalística da luta do Dr. Floro contra o Coronel Franco Rabelo. Vi com estes olhos, levas de jagunços invadirem casas de rabelistas, fazerem o diabo e darem viva ao padre. Se não fosse o fascínio que o padre exerce sobre essa pobre gente, eles não pegariam em arma para derrubar um presidente de Estado...

O poeta fez uma negativa longa com o indicador:
– Vê-se que você não conhece nada dessa gente do interior. O Dr. Floro Bartolomeu usou justamente uma gente experiente, que já vinha de entreveros entre coronéis, jagunços de muitas lutas... O penitente, o simples devoto humilde, roceiro que nunca pegou em arma, este, meu amigo, nem com mil conselhos do padre conseguiria lutar bem. E tem mais: conheci muitos cangaceiros que ele conseguiu tirar do cangaço. E sabe qual é uma de suas idéias constantes: tirar também Lampião. Me falou isto várias vezes...

O jornalista suspirou:
– Não estou de todo convencido... Pelo que vi e estou vendo...

## 7 Lamentações

O Padre Cícero, acabrunhado, queixava-se ao amigo escritor. A noite ia alta e o escritor descobria, estranho e penalizado, que nunca vira o padre assim. Envelhecido, na eterna batina frouxa e surrada, os olhos postos na luz do lampião, parecia desiludido de tudo e de todos:

– Acho que o mundo está perdido, meu amiguinho. A Europa está pegando fogo. E até aqui, na minha cidade, o diabo anda solto... O muito que ensinei, o muito que expliquei, o muito que pedi, parece que não deu nenhum resultado...

O escritor contestou:

– Não diga isto, padre. O seu trabalho de evangelização é reconhecido por todos...

– Nem por todos, meu amiguinho. Você pensa que ainda hoje não tenho pena do Coronel Franco Rabelo? Tudo fiz para que ele compreendesse que não tinha saída e não adiantava lutar. Não ouviu minhas palavras, que lhe confessei por escrito, reservadamente. Pois ainda hoje, passado o pesadelo, ainda me caluniam...

O escritor mostrou-se corajoso:

– Padre Cícero, posso fazer-lhe uma pergunta?

– Meu amiguinho, não tenho nada a esconder.

– Por que o senhor se meteu na política, padre?

O padre ajeitou a manga do lampião, acomodou-se na cadeira de balanço:

– Não sou político. Fiz-me padre para servir a Deus e aos meus semelhantes. Se me meti em política foi por um só motivo: era o único caminho de estar em melhores condições para servir aos humildes. Pergunte ao meu amigo Dr. Floro, converse com ele...

O escritor desconversou e preferiu não perguntar mais nada, deixar que o padre se desabafasse, que isto lhe faria bem. E o padre suspirou:

– Muita gente se vale do meu nome para tirar proveito. Eu sei disto. E tenho combatido isto insistentemente. Tirei da vida do pecado muitos cangaceiros famosos. Já ouviu falar em Sinhô Pereira e Luís Padre?

– Já, sim, senhor.
– Pois tirei os dois da vida de crimes que levavam. Hoje, são gente direita. O mesmo não tenho conseguido com outros criminosos que infestam-a cidade, como Zé Pinheiro, por exemplo...
– O padre não soube?
– O quê?
– Dizem que ele foi assado num forno, em Alagoas, por inimigos dele...
O padre pôs as mãos no rosto:
– Deus tenha pena da sua alma!
Demorou-se em longo silêncio, como se rezasse pela alma de Zé Pinheiro. Depois, voltou a encarar o amigo:
– Histórias como esta me chegam aos ouvidos quase todos os dias. E o que eu posso fazer?
Continuou a olhar firme o amigo:
– Hem, meu amiguinho, o que eu posso fazer?...
O escritor encolheu os ombros, pôs as mãos entre os joelhos e deixou-se ficar ali encolhido. O padre balançava-se de leve na cadeira e a pequena chama de luz, ali sobre a mesa, crepitava. O vento entrava pelas frinchas das portas e janelas, trazendo consigo sussurro de rezas e de lamentações religiosas.

## 8 O estudante

Na venda cheia de fregueses a tomar cachaça, a soltar piadas, a mascar fumo, o bacharel esperou que o proprietário ficasse livre para atendê-lo. Do lado de fora, animais em quantidade. Animais de sela, jumentos com cargas. Meninos passavam vendendo santinhos e imagens do padre.

UMA LUZ NO SERTÃO | 89

Os que bebiam se retiraram conversando alto, pegaram os seus animais e se foram. O bacharel aproximou-se e apresentou-se:
— Lembra-se de mim?
O homem estudou-o com muita atenção e fez um sinal negativo de cabeça. O bacharel pôs uma moeda no balcão:
— Um conhaque.
O homem serviu-o, olhando-o mais de perto. Sabia agora que já tinha visto aquele rosto em algum lugar. O bacharel bebeu um pequeno trago e repôs o copo no balcão:
— Sou aquele estudante que conversou com o senhor um dia, lembra-se?
Na memória do vendeiro, um quadro foi saindo lentamente da névoa espessa.
— Pois é. Sou aquele estudante que encheu o papo de cerveja, justamente no dia em que o padre assinava aquele tal Pacto dos Coronéis.
O homem balançou a cabeça, em sinal de afirmação, meio aparvalhado. O bacharel sorriu:
— Meti a lenha no padre, não foi? Mas não tenha medo: os tempos mudaram. Formei-me: sou bacharel em direito. Quer dizer: advogado. Sou amigo do Dr. Floro Bartolomeu. Você se lembra da briga contra o Coronel Franco Rabelo?
— Lembro... sim.
O bacharel bebeu o resto do conhaque. Entrou um freguês, o vendeiro atendeu-o e voltou para junto daquele homem, que trazia no dedo um anel muito bonito.
— Pois é, meu amigo, foi um tempo brabo aquele, não foi?
— Foi...
Segurou o vendeiro pelo braço:
— Vou confessar-lhe uma coisa: trabalhei dentro do palácio do governo, em Fortaleza, fui o maior rabelista do mundo... Mas sabe para quem eu trabalhava? Para o Dr. Floro, claro.

Olhou para o grupo de penitentes e devotos, que passavam a rezar em voz alta. Fez um ar de riso, poliu o anel na manga do paletó:

– O padre é um santo, meu amigo, um santo!

E saiu.

# Capítulo VII

## 1 O capim verde

O Padre Cícero chamou o seu homem de confiança:
— Zé Lourenço, ganhei um bonito bezerro. Tome conta dele.
— Junto com o gado, meu Padrim?
— Faça como quiser. Mas trate-o bem. É um animal muito bonito.
— Pois sim, meu Padrim.
José Lourenço foi ao cercado, tirou o animal e prendeu-o num curral próximo. O penitente viu-o passar, puxando o garrote pelo cabresto:
— De quem é, Zé?
— Do meu Padrim.
O penitente juntou as mãos:
— Que coisa mais bonita, meu Deus e minha Nossa Senhora!
— Presente que ele ganhou.
O penitente continuou seu caminho e encontrou-se com outro devoto:
— Deus seja louvado!
— Deus seja louvado!

O romeiro penitente tirou o chapéu e queixou-se:
— Não sei mais o que fazer, Pedro...
— O que foi?
— Com esta seca, perdi todo o meu milho e o meu feijão. E a mulher doente, dentro duma rede, a gemer o tempo todo.
— Já procurou o meu Padrim?
— Inda não. Fui procurar ele, mas não pôde me receber. Só amanhã. Vim de longe, dos lados de Milagres.
— Lonjura grande.
— Não tenho mais o que fazer...
— Reze em nome de Nossa Senhora e do meu Padrim que ajuda.
— Tou fazendo isto desde que vim pra cá...

Despediram-se e o romeiro penitente seguiu o seu caminho, estrada afora, levantando poeira das apragatas, rumo do casebre, onde se arranchara com a mulher, fora da cidade.

Entrou na sala de chão batido e viu a mulher, esqueleto vivo, estirada na rede, respirando com dificuldade. Olhava-o com ânsias de morte. O romeiro penitente voltou na mesma pisada, desnorteado, em busca de um socorro qualquer. A multidão que o impedira até agora de ser recebido pelo padre certamente o impediria mais uma vez. Escurecia e o romeiro, aflição nos olhos, chegou na cidade sem direção certa a tomar. Viu, num canto de cerca, o belo garrote do padre que José Lourenço ali amarrara. Olhou para os lados. Apenas de um casebre próximo chegavam uma cantiga de ninar e choro de criança. E no desespero de conseguir uma proteção qualquer, cochichou contrito para o garrote:

— Garrotezinho do meu Padrim. Você é dele e pode me ajudar. Minha mulher tá morrendo. Se ela melhorar — dos olhos do romeiro escorriam lágrimas – eu juro em nome do meu Padrim, que me quer tanto bem, que lhe dou um grande feixe de capim verde...

O animal encarava-o indiferente, mas o romeiro, como por encanto, sentiu-se aliviado. E tomado por uma grande fé voltou quase correndo para casa. Entrou chamando pela mulher:

– Maria... Maria...

Deixou-se cair no tamborete, de espanto, os olhos postos na mulher, sentada ali na rede, a balançar-se de leve.

## 2 O furto

O romeiro penitente aproximou-se do amigo, que vendia surrões de farinha, na feira:

– Miguel, tou carecido que vosmicê me ajude.

– O que é?

– Tou carecido de um feixe de capim verde, pra pagar uma promessa...

O outro ajeitou um dos surrões e encarou o romeiro, sobrancelhas geminadas:

– Pagar promessa com feixe de capim...

– De vera.

O romeiro, encabulado, sem encontrar palavras, não sabia como explicar:

– Não posso contar, Miguel. É pecado. Mas é promessa, de vera. E alcancei o pedido.

O feirante balançou a cabeça e deu de ombros:

– Com uma seca dessa... Tem lá capim verde em lugar nenhum...

O romeiro penitente informou-se de outros, correu a cidade de ponta a ponta. O cego violeiro parou de tocar sua viola e deu-lhe a indicação:
– Vosmicê conhece a Várzea do Meio?...
– Já passei por lá.
– Pois lá vosmicê encontra. Mas o dono não dá: vende.
– Tou sem dinheiro...
– Capim verde noutro lugar acho que vosmicê não encontra.

O romeiro saiu desiludido, mas estacou na esquina, resolução tomada. Apressou o passo, saiu da cidade e tomou a vereda mais larga. O coração batia forte.

O suor pingava-lhe do queixo, devido à longa caminhada, quando viu do alto a verde várzea coberta de capim. A cerca de fios de arame isolava-a dos animais. A casa grande, do outro lado, mostrava apenas o telhado.

O romeiro olhou para os lados, as batidas do coração alcançando-lhe a goela. Acocorou-se ligeiro. Sacou do bolso a corda e tirou o facão do cinto. Como um lagarto, passou por baixo do primeiro fio de arame. Em movimentos nervosos e rápidos, cortou uma boa quantidade de capim. Amarrou bem, sacudiu por cima da cerca, pôs o facão no cós, voltou para a estrada, e sem olhar para os lados, com medo de ser descoberto, colocou o feixe na cabeça e em passo ligeiro voltou para a cidade.

### 3 O pecado

Aproximou-se do garrote, àquela hora do dia, sendo admirado por várias pessoas. Jogou o feixe de capim no chão, desamarrou-o. Curiosos aproximaram-se. Um deles perguntou:
– Onde vosmicê arranjou isto?

– Comprei.

E com ar de satisfação, vendo a sua promessa cumprida, aproximou da boca do animal um molho de capim verde:
– Coma, meu boizinho.

José Lourenço aproxima-se:
– O que é isto?
– É um presente meu pro garrote, seu Zé Lourenço.

E insistia:
– Coma, garrotinho do meu Padrim.

O animal mugia e virava o focinho, indiferente ao alimento a tanto custo conseguido. O romeiro insistiu várias vezes. E quando o animal mugiu longamente, numa negativa profunda, ele se convenceu de que o seu pecado fora muito grande. Caiu de joelhos diante de todos e do animal:
– Me perdoe, meu boizinho, eu não peco mais! Você não quer o capim porque eu roubei ele!

Lamentou-se e confessou tudo, lavado em lágrimas. A roda de curiosos, já grande, benzia-se. José Lourenço aproximou-se do animal como quem se aproxima de uma imagem: alisou-o com veneração. E encontrou a verdade, falando para o povo:
– É da estimação do meu Padrim! Virou santo como ele!

Mulheres caíram de joelhos e puseram-se a rezar. José Lourenço tracejava o sinal-da-cruz diante do animal, que a tudo olhava com indiferença e curiosidade.

## 4 O Boi Santo

A multidão apinhava-se em torno da manjedoura florida, a admirar o garrote misto de zebu, enfeitado de cadarços,

terços e medalhas. Velhas, ajoelhadas, rezavam ali contritas, como diante de um presépio. Mãos magras e descarnadas aproximavam-se e tocavam no animal. O cego pediu passagem, conduzido pela mão de um menino pálido e coberto de feridas, e tocou o lombo do animal com seu dedos tateantes:
— Boi Santo do meu Padrim, dai-me a luz dos meus olhos!

O homem esfarrapado, criança nos braços, de emoção mal conseguiu articular:
— Ele está morrendo, meu Boi Santo! Ele está morrendo! José Lourenço falava com muita gesticulação, contando a todos os dons divinatórios do animal.

E no centro da praça, sobre uma grande toalha estendida no chão, pacotinhos, pequenos frascos, latinhas, embrulhinhos... E o rapaz de olhos vivos a bater palmas:
— Venha, venha, minha gente! Tenho tudo do Boi Santo!

Apanhou um pequeno vidro:
— Aqui está a urina dele! Cura erisipela, bereba, câimbra!

Pegou de uma latinha:
— Este remédio é um milagre! Um milagre! São excrementos do Boi Santo! Cura tudo!

O amigo do rapaz de olhos vivos fazia as vendas:
— Um aqui para o cavalheiro: mil réis. Este aqui para a senhora: mil e quinhentos réis.

A mulher mostrou:
— Só tenho mil réis!
— Então se cura depois! Quem quer mais! Saia da frente, minha senhora! É tudo produto do Boi Santo! Cura tudo!

Alguém cochichou:
— Ali vem a polícia.

O rapaz de olhos vivos e o seu ajudante arrebanharam tudo em dois segundos e sumiram-se no meio da multidão de romeiros, devotos e penitentes. Viram-se livres no beco

deserto, numa ponta de rua. O rapaz de olhos vivos falou para o ajudante:
— Se deixarem esse boi vivo mais umas semanas, vou correr todo o Cariri e ficar rico...

## 5 O pesadelo

Na Câmara Federal, o deputado levantou-se:
— Um escândalo! Um fim de mundo! Juazeiro transformou-se num pesadelo! Um boi sendo adorado! Adorado por uma multidão de desgraçados e famintos! O Dr. Floro Bartolomeu que nos explique isto!

## 6 O absurdo

O Dr. Floro Bartolomeu mostrou-se irritado:
— Um absurdo essa adoração ao boi. A notícia já chegou à Assembléia Legislativa e até à Câmara Federal. É coisa desse idiota do José Lourenço.
Olhou para os presentes:
— Vamos eliminar o anima. Aproveitam-se do meu amigo Padre Cícero até este ponto.
Mandou chamar o delegado.
— Pronto, doutor.
— Mate o animal, e na frente de todos, para verem que é um animal quadrúpede e não um santo. Quem reagir, prenda.
— Até mesmo o seu Zé Lourenço...?
— Qualquer um, homem. Não está vendo que isto é um absurdo?

## 7 O sol quadrado

José Lourenço deu o alarma:
– Vão matar o Boi Santo!
A multidão ululou e mostrou-se inquieta. Os guardas abriram passagem no meio do povo, aos empurrões, e aproximaram-se de José Lourenço:
– Está preso, cabra!
Protestos surgiam de todos os lados. Outros guardas chegaram. E as prisões sucederam-se:
– E você aí, você também, e você de calça de mescla, estão todos presos.
Um dos policiais bradou:
– Debanda, vamos, aqui não morreu galego! Quem achar ruim e não se retirar vai pro xadrez!
A multidão foi se dispersando, aos poucos. E o guarda deu ordem ao grupo:
– Vamos pro xilindró. Vocês vão passar uns tempos vendo o sol quadrado.

## 8 As orações

Os dois homens esquartejavam o animal na frente de todos. E muitos, no meio da multidão, choravam. Um velho caiu de joelhos, braços para a amplidão:
– Perdoai esse crime horroroso, Deus Pai!
O devoto franzino, a rezar, os olhos no animal já sangrado e esfolado, chorava como uma criança:
– A urina dele me curou, a urina dele me curou. Eu juro: ele é santo!
A mulher deixou cair o xale e ficou a puxar os cabelos, desvairada. Dois guardas arrastaram-na para longe dali, e ela aos berros.

O sussurro das orações acompanhou toda a operação de esquartejamento. Então, o polícia falou para a multidão:
– Agora quem quiser carne gorda, pode ir ao açougue! E é barata!

Assistindo o espetáculo de longe, o rapaz de olhos vivos e seu ajudante conversavam baixinho. O primeiro comentava, pesaroso:
– Perdemos um bom negócio, Raimundo.

O açougueiro cochilou o dia todo à espera de que alguém aparecesse para comprar carne. Finalmente, desiludido, já ao escurecer, queixou-se para o auxiliar:
– Este boi não era nada santo mesmo. Comprei ele quase de graça e tive prejuízo total.

# Capítulo VIII

## A coluna

O Dr. Floro Bartolomeu, reunido com os seus mais chegados colaboradores políticos, deu conhecimento a todos, na sua voz fanhosa e pausada:
— Tenho novidade para os senhores.
Cruzou as pernas e esperou algumas perguntas. Como o silêncio continuasse, pigarreou, cruzou as mãos sobre a mesa e levantou o queixo:
— O presidente Artur Bernardes está precisando de ajuda e muita ajuda. Essa revolução dos tenentes está causando dificuldades ao País e tumultuando o bom trabalho do governo...
Levantou-se e passeou um pouco:
— Temos discutido muito este assunto na Câmara Federal.
E prometi aos amigos e ao próprio presidente dar uma ajuda.
Sentou-se novamente:
— E vamos ajudá-lo.
Um velho coronel, no terno de brim duro, colarinho abotoado e sem gravata, ofereceu de pronto:

– Minha gente está à sua disposição, Dr. Floro, e bem municiada.

Dr. Floro abanou com a mão:

– Trata-se de coisa diferente do que um simples levante para tirar do poder um presidente ilegítimo, como fizemos com o Coronel Franco Rabelo. É problema nacional.

Estudou o auditório, a maioria dos ouvintes coronéis pouco letrados, conhecedores na palma da mão de questões e brigas dentro dos respectivos municípios. Explicou:

– Pretendo formar uma força, aqui em Juazeiro, para atacar a Coluna Prestes. Já ouviram falar nela?

Algumas cabeças confirmaram, outras permaneceram expectantes, curiosas. E o Dr. Floro foi mais explícito:

– Houve um levante no sul, para derrubar o presidente. O levante foi sufocado, mas uma fração dos revoltosos conseguiu escapar e anda correndo o país, pelo interior, tentando conseguir adesões para engrossar suas fileiras. Quem comanda é um grupo de oficiais jovens: Juarez Távora, Moreira Lima, João Alberto, Miguel Costa, Luiz Carlos Prestes... Estes dois últimos são os chefes. Tomou o nome de Coluna Prestes. Acho que uns mil homens. Mas não conhecem o interior, são oficiais de cidade. E estão, com essas andanças para cima e para baixo, causando grande prejuízo ao País. O meu plano, pois, é o seguinte... preparem-se.

Fez uma pausa, observou a atenção de todos, e prosseguiu:

– Vou mandar vir aqui o Virgulino Ferreira da Silva, o Lampião.

Alguns, de surpresa, levantaram-se. O deputado acalmou-os com gestos de mãos:

– Sentem-se. Não se preocupem. É o homem que melhor conhece o interior do Nordeste. E o mais capaz, portanto, de combater esses revoltosos. Os homens de que ele precisar os senhores fornecerão.

Uma voz seca de velho se destacou:
— E ele virá?
— Virá. Com um chamado do Padre Cícero ele virá. E tem mais: é uma oportunidade para trazê-lo de volta à vida normal, deixar essa existência de crimes, de loucuras...
E continuou, com palavras fáceis, a explicar o seu plano, com minúcias. Seria um triunfo! Um coronel, que sempre se mostrara destemido, moveu-se inquieto:
— Sou um homem disposto a tudo, doutor. Sempre dei prova disto. Mas do cangaceiro Virgulino tenho medo.
— Ele virá aqui acertar conosco um ato patriótico. E com isto poderá até limpar o nome dele. Virá em paz e tudo sairá certo. Deixem comigo. Já conversei com o padre...
Lá de trás, uma pergunta:
— E ele concordou?
— Bem. O Padre Cícero sempre desejou tirar o Lampião do cangaço. Falou-me nisto. E concordou que esta é uma oportunidade.
Estudou os presentes por um instante e suspirou:
— Esta é a minha novidade para os senhores.

## 2 O recado

Virgulino reuniu seus homens, o bilhete na mão:
— Meu Padrim Cirço mandou me chamar...
Os cangaceiros entreolharam-se, incrédulos. Virgulino retirou-se um pouco e ficou pensativo. Sabino aproximou-se, mas não falou nada. Virgulino guardou o bilhete no bolso:

– Pode ser uma cilada...
Sentou-se numa pedra:
– Sabino!
– Hem.
– Eu tenho muita vontade de ver o meu Padrim. Mas pode ser uma cilada... Veja se é verdade... Mande um dos homens, disfarçado, falar com o meu irmão, em Campos Sales.

E permaneceu ali, fuzil entre os joelhos, armado com muitos punhais e cartucheiras de balas, a olhar o horizonte lá muito longe.

★ ★ ★

O mensageiro chegou, cumprimentou o grupo, e foi direto ao chefe:
– Bom dia, seu Virgulino.
– Como é que foi?
– É de vera. É recado do Padrim mesmo. Tá confirmado. Virgulino olhou-o firme nos olhos, e teve a certeza de que o homem não mentia. Pôs o fuzil no ombro e saiu andando em passadas firmes:
– Me acompanhem. Vambora ver o meu Padrim.

### 3 A estrela

Meninos corriam de um lado para outro, levando a notícia:
– Os cangaceiros tão chegando!
Mulheres debruçavam-se às janelas. Devotos e penitentes suspenderam suas rezas. Os que faziam compras nas lojas ou bebiam e conversavam nos bares saíram para a rua.

Na feira, os mais nervosos recolheram as suas quinquilharias. Velhas, embrulhadas em véus negros, correram para a igreja. Antônio Calango passou correndo e um tropeiro, a conduzir sua tropa de burros, zombou:

– Cadê a tua valentia, Calango?! O homem vem aí!

Na cadeia, o delegado, já instruído, falava para os soldados:

– Vocês já sabem: não provoquem. É melhor ficarmos por aqui.

Os mais importantes da terra preparam-se para receber aquele grupo de homens, que se aproximavam, levantando poeira, armados até os dentes, abas dos chapéus quebradas para cima, e a se destacar, em desenhos vivos, as grandes estrelas de Davi[5].

O grupo entrou na cidade, Virgulino e seus lugares-tenentes à frente. O povo abria caminho e acompanhava-os pelas calçadas. Meninos, mais curiosos, aproximavam-se e pediam dinheiro. Um quitandeiro, procurando ser visto por Virgulino e se tornar simpático aos olhos do cangaceiro, gritou:

– Viva o seu Virgulino!!

A resposta foram alguns vivas, mais de medo do que de entusiasmo. E Virgulino não contraiu um músculo, olhando para a frente, como quem entra numa cidade conquistada.

Fez uma ligeira reverência aos que vieram ao seu encontro, e procurou curioso:

---

[5] As antigas tribos de judeus, quando acampavam, se dispunham em forma de uma estrela de seis pontas, que mais tarde tomou a figura de dois triângulos retilíneos, cujos vértices se voltam para o centro. A "Estrela de Davi", como é chamada, foi trazida pelos imigrantes judeus. A presença dessa estrela nas abas dos chapéus dos antigos jagunços e cangaceiros significava um símbolo de proteção. (N. do E.)

– Cadê o meu Padrim?
Alguém se apressou em responder:
– Ele vai recebê-lo, seu Virgulino. Fique à vontade. O senhor está em casa...
Foi conduzido à casa do poeta da terra. A sala cheia. E gente chegando para cumprimentá-lo. E ele cismado, a olhar para os cantos, sem se livrar das armas, junto dos seus homens.
– Quero ver logo o meu Padrim.
– Não se preocupe, seu Virgulino. Ele vem vê-lo.
Trouxeram-lhe refresco. Sentou-se numa cadeira e recusou:
– Quero cerveja.
E mais acomodado e mais calmo, conversou longamente com a gente importante da cidade.

## A bolsa

Os cangaceiros cantavam a "Mulher Rendeira", tocavam batucada. E Virgulino dava entrevista na sala de visitas, agora descontraído, à vontade. O jornalista perguntou:
– O senhor gosta dessa vida, seu Virgulino?
Encarou o entrevistador:
– O senhor gosta da sua vida, doutor?
– Gosto.
– É o meu caso.
Meninos, na rua, gritavam-lhe "vivas". Ele se levantou, encheu o chapéu com moedas que tirou de uma bolsa, e jogou-as na rua, divertindo-se, por alguns instantes, com a disputa da meninada.
Voltou a sentar-se:
– Quero mais cerveja. E quero ver o meu Padrim.

## 5 A farda de capitão

A batucada ia alta, perturbando até a reza dos devotos, e a noite avançava. Virgulino, no meio do seu bando, mais assistia do que participava. A bebida corria à larga. Dançavam e sapateavam. O silêncio caiu de repente quando a voz anunciou:

– O Padre Cícero chegou!

Foi como uma visão deslumbrante do outro mundo. Ali em pé, a poucos passos, segurando o cajado, um velhinho encanecido, murchinho dentro da batina surrada, que com a mão trêmula fez o sinal-da-cruz. Virgulino ficou a fitá-lo, sem fala. Os outros caem de joelhos, a balbuciar rezas, a exibir ao padre medalhas com sua efígie penduradas no pescoço. Virgulino aproxima-se do padre, toca-lhe a batina.

– Levante-se, Virgulino. Venha cá, meu filho. Vamos conversar.

Põe a mão na cabeça de vários deles. Diz-lhes palavras de carinho. Conversa ligeiramente com um e com outro. Procura saber da vida de cada cangaceiro. E retira-se para o canto para conversar com Virgulino. Falam baixo. Virgulino vai ouvindo os conselhos, os pedidos, como num confessionário, mas não contrai um músculo, humilde e silencioso.

– Abandone essa vida, meu filho. Arranje uma moça e se case. Lhe dou cartas de recomendação. Ouvi falar que você gosta de criar cavalos. Pois eu lhe dou uma fazenda, lhe arranjo terras no Maranhão, em Goiás, onde você quiser, meu amiguinho. Deixe essa vida sem futuro, meu filho...

Virgulino interrompeu-o:

– E a farda de capitão, meu Padrim?

– Vou lhe dar uma farda de capitão. Você veio aqui a pedido meu e do Dr. Floro. Ele quer que você ajude o governo a acabar com uns revoltosos...

– Acabar com quê, meu Padrim?
– Com uns revoltosos, que estão brigando contra o governo.
– Isto deixe comigo.
– Então, aproveitei sua vinda para ter esta conversa com você. Dou minha palavra de que se você deixar essa vida lhe arranjarei tudo o que você quiser...
Virgulino voltou a ficar calado, a ouvir silencioso o sermão que se prolongou por muito tempo, ao cabo do qual voltou a insistir:
– E a farda de capitão, meu Padrim?

## 6 Medo e pânico

Pedro de Albuquerque Uchoa ouviu pancadas muito longe, como se chegadas do fim do mundo. Foram aumentando, aumentando, e ele despertou de todo. Batiam-lhe na porta. Levantou-se às pressas e viu que eram quase dez horas. Abriu a janela, recebeu no rosto a viração da noite, e descobriu, pela indumentária, que se tratava de um cangaceiro.
– Boa noite, seu doutor.
– Boa noite.
– O meu Padrim mandou chamar o senhor.
– O Padre Cícero? Agora?
– Sim, senhor.
– Não sabe o que é?
– Inhor, não.
– Está bem. Diga a ele que vou já.
Vestiu-se intrigado: "o que quereria o padre àquela hora da noite?" Ainda ajeitando o paletó, atravessou a rua.

Ao entrar na casa do padre, estacou: alguns cangaceiros estavam lá. Correu a vista do padre para o grupo e do grupo para o padre.

– Boa noite, Uchoa.
– Boa noite, padre.
– Sente-se, meu amiguinho.

O padre deu algumas voltas, uns papéis na mão. O visitante aguardava, curioso.

– Uchoa, lhe chamei aqui para me prestar um serviço...
– Pois não, padre.
– Quero que você prepare três patentes...
– Três o quê?
– Patentes. Três patentes: uma de capitão para Lampião, uma de primeiro-tenente para Antônio Ferreira, e outra de segundo-tenente para Sabino.

Uchoa levantou-se com tal espanto que a cadeira bamboleou e quase caiu. Olhou incrédulo para o padre e com medo para o grupo de homens.

– O senhor não está falando sério...
– Estou, meu amiguinho.
– Mas isto é um absur...
– Se acalme, meu amiguinho.

E a mão do padre pousou suave no ombro do visitante.

– Você é funcionário federal. Está, portanto, credenciado a expedir os documentos.

As pernas do visitante tremiam:

– Mas padre, pelo amor de Deus, sou funcionário do Ministério da Agricultura! Um simples empregado, o senhor não compreende?...
– Compreendo muito bem, meu amiguinho. Compreendo. Não tenha medo. Juazeiro é quartel-general das forças legalistas. E estamos fazendo isto para ajudar o governo a perseguir os revoltosos que andam correndo o interior do país...

O visitante agora passeava, passava as mãos nos cabelos, respirava com dificuldade, sentia o coração pulsar forte.
– Vamos, Uchoa...
– Padre, pense bem, eu posso ser preso. Preso e processado. Posso até ser submetido a um conselho de guerra. Posso até ser fuzilado, padre, fuzilado! Nem o Presidente da República pode fazer isto!
O padre, na sua calma e andar lento, os cabelos brancos a brilharem nos reflexos de luz, parecia não ouvir. Pôs sobre a mesa algumas folhas de papel.
– Vamos, meu amiguinho, você pode fazer isto, sim... Eu garanto.
Uchoa, o medo e pânico a se transformarem em raiva, olhou firme o grupo de cangaceiros e fez sinal rápido com os braços:
– Definitivamente, não faço isto! Não sou louco! E tem mais, padre, tem mais: mesmo que eu fizesse não tinha valor nenhum. E o meu emprego? Vou para a rua em dois tempos.
Sentia que estava quase que desrespeitando o padre, mas não tinha outra saída.
– É definitivo: não faço.
Um dos cangaceiros levantou-se, caminhou lentamente e firme em sua direção, pôs-lhe a mão pesada e calosa no ombro, sacudiu-o:
– Escreva, doutor. Se o meu Padrim mandou o senhor fazer as patentes é porque sabe o que está dizendo.
Olhou-o firme nos olhos:
– Faz ou não faz?
O medo voltou todo. Os outros cangaceiros encaravam-no firme. A mão calosa apertava-lhe o ombro. Gaguejou:
– Dêem-me os papéis.
O padre acercou-se:
– Eu dito e você escreve, meu amiguinho.

## 7  O capitão

A noite já ia alta e Uchoa voltava para casa. As pernas ainda tremiam. Encontrou um amigo retardatário que o saudou de longe. Uchoa chamou-o e o amigo aproximou-se.

– Pereira, acabei de fazer a coisa mais ridícula e absurda deste mundo.
– É, pelo que vejo, você ainda está gago...
– Uma coisa inacreditável.
– O que foi, homem?
– Nomeei o Virgulino capitão e o Sabino...
– Nomeou o quê!?
– Capitão. Dei-lhe a patente de capitão.

O outro zombou:
– Ora, você está louco...
– Verdade. O padre Cícero quem ditou os documentos...
– O que está me dizendo?...
– Pois é.

E contou tudo, atabalhoadamente, ao amigo. O outro, de espanto, escorou-se à parede.

– Você sabe que pode ser preso...

Uchoa justificava-se, gesticulando muito:
– O que eu podia fazer! Quando vi o cangaceiro Antônio Ferreira pôr a mão no meu ombro, juro-lhe que eu demitia até o Presidente da República!

★ ★ ★

O Capitão Virgulino Ferreira da Silva, na farda nova, pose de comandante, recebia as últimas instruções dos maiorais da terra, antes de deixar a cidade de Juazeiro à frente de um batalhão patriótico para combater a Coluna Prestes.

Não chegou a ouvir tudo: aquela instrução militar tirava-lhe a paciência:
– Não preciso mais ouvir nada. Eu sei comandar e muito bem.

Montou a cavalo, olhou a grande fila de cavaleiros, e falou para Sabino, suficientemente alto para que todos ouvissem:
– Depois do meu Padrim, só mesmo Lampião!

E deixou a cidade sem olhar para trás.

## 8 O batalhão

O batalhão patriótico descansava no alto da serra. O capitão Virgulino andava inquieto. Falou para Antônio Ferreira:
– Tou cansado de tar andando, feito lagartixa, de lá para cá, atrás desse tal de Preste... Nem conheço ele. Se ele fosse da polícia, aí era diferente, porque macaco eu pricigo até à morte.

Sentou-se numa pedra:
– Não tou gostando nadinha desta vida. Tou até arrependido de ter dado aquela surra no corneteiro porque tocou atrasado. Não gosto de bater em homem por causa de toque de corneta.

Antônio Ferreira ouvia de cabeça baixa. E Virgulino Ferreira tomou a decisão. Foi para o ponto mais alto, de onde pudesse ser visto por todos, tirou o chapéu e gritou:
– Pessoal! Quem quiser debandar, pode debandar, porque eu volto pro cangaço!

Um voluntário aproximou-se:
– O senhor vai voltar pro cangaço, capitão? Pensei que meu Padrim...

Lampião ajeitava as cartucheiras:
— Só por mais três anos...
Seus fiéis companheiros se aproximaram:
— Vamos com o senhor, capitão.
Olhou autoritário para o grupo:
— Pois é: deixo agora o tal de batalhão patriótico. Sou conservador, já disse isto e repito. Pra acabar com a polícia de seis estados, liquidar tudo quanto é macaco, só sendo como eu: conservador. E tem mais, turma: a patente de capitão ninguém mais me tira, que quem me deu ela foi meu Padrim. E por que ele fez isso, hem? Pois vou dizer: porque ele sabe que depois dele só mesmo Lampião!
Fez sinal com o braço:
— Quem quiser me acompanhe. Vambora atacar Mossoró.

## Capítulo IX

### Morre o Dr. Floro

O velhinho encanecido, vista muito curta, a cabeça num capucho de algodão, ouviu a notícia que lhe deu um dos secretários:
– O Dr. Floro Bartolomeu morreu, padre.
Ficou a fitar o chão, numa aparente indiferença.
– Morreu?...
– Morreu. A notícia chegou do Rio agora.
Levantou-se e com passos indecisos aproximou-se do grande alpendre interno, com os dedos trêmulos acariciou um dos crótons[6] verdejantes e deteve-se a ouvir o chilrear dos pássaros, das muitas gaiolas! Como se viesse de muito longe, chegava-lhe aos ouvidos o eco dos cantochões dos penitentes.
– Morreu o Dr. Floro... O meu amigo... Deus Nosso Senhor e Nossa Senhora guardem a alma dele...

---

[6] Nome de várias euforbiáceas, de folhas ornamentais, a que pertencem a mamona, a mandioca e a seringueira. (N. do E.)

Foi e voltou algumas vezes ao longo do alpendre, e reviu, por um instante, na memória, aquele homem de voz fanhosa que dele se aproximou um dia e se apresentou: "Sou médico, padre. Venho da Bahia. Me chamo Floro".

A notícia espalhou-se por toda a cidade, mas não provocou maiores rebuliços. Na loja do santeiro Zé Maria, o comboieiro Raimundo Santana, dos Santanas de Águas Belas, ex-cangaceiro, lembrou:

– O capitão sempre quis conhecer esse homem... Falou o tempo todo quando veio para cá... E se chateou quando soube que ele estava no Rio de Janeiro, cuidando da saúde...

O beato Florindo Almeida, torto da banda direita, olho esbugalhado e lacrimejante de quem sofrera congestão, babou mais ainda quando lhe vieram trazer a novidade:

– Homem bom!

E os romeiros, penitentes e devotos, a chegarem e a partirem, davam-se conta apenas de que precisavam ganhar o céu, e rezavam, e batiam nos peitos, e chocalhavam as medalhas sob o sol de meio-dia.

\* \* \*

O educador insistia com o padre:

– Mas, padre, o senhor não acha que algumas escolas...

– Meu amiguinho, tenho feito tudo pelo meu povo. Por isto sofri muitas injustiças... Estou no fim da vida, perdi o meu grande amigo, o Dr. Floro...

– Eu sei, padre, mas algumas escolas...

O padre contraiu muito as pálpebras para enxergar melhor o educador:

– Eles não querem saber de escola, Doutor Lourenço.

O educador, com muito jeito, insistia:

– Sem escola, padre...

— Sabe de uma coisa, meu amiguinho: sempre fui perseguido. Pela minha igreja, pelos rabelistas, por muita gente... E eu só procurei fazer o bem. Estou no fim da vida... Sabe quantos anos eu tenho?
— Não?
— Estou marchando para os noventa. Vi muita desgraça neste mundo. Me meti até na política para conseguir melhor ajuda para os meus amiguinhos. Até o chefe de polícia, em Fortaleza, se zangou comigo porque eu trouxe o Lampião aqui. Pois eu lhe digo: se eu pudesse, eu trazia ele de novo, dava o que ele pedisse, qualquer coisa, se eu soubesse que o tiraria do cangaço. Minha intenção sempre foi só esta. Muitos não compreenderam isto.

O educador balançava a cabeça, num assentimento que não era nem negativa, nem confirmação, e procurava entrar em outros assuntos, particularmente os ligados à educação:
— Vim do sul, padre, para reorganizar o sistema educacional da terra...

O padre, sem ouvi-lo, foi a uma gaveta, andando com muita lentidão, a destacar-se a sua cabeça chata, pendida para a direita, e enterrada nos ombros murchos. Voltou com papéis amarelecidos nas mãos:
— O meu amiguinho sabe que o Epitácio é meu amigo?... Pois é. O Bernardes é outro que me dá muita atenção. É um reconhecido, meu amiguinho, um reconhecido...

O educador mostrou-se curioso:
— Por que, padre?
— Eu fui o árbitro da sua candidatura. E no estrangeiro, meu amiguinho, e no estrangeiro?

Um dos acompanhantes do educador interferiu:
— O que tem?...
— O que tem?!... O amiguinho não sabe? Pois os estrangeiros me compreendem melhor do que os brasileiros.

Estendeu a mão:
— Tome... veja... Leia. É um telegrama do rei da Bélgica. Como o outro não fizesse nenhum sinal para apanhar o papel, ele o guardou no bolso da batina:
— Contribuí e muito para o término da Grande Guerra. Os europeus sabem disto. Se não tivesse sido a minha interferência...
Continuou falando, agora baixo e sozinho, parado no meio do sala. O educador e seus colaboradores despediram-se e ele quase não se deu conta disto. Já porta afora, o educador ouviu:
— O que me está matando é esta catarata... Mas não tenho, meus amiguinhos, dinheiro para uma operação...
Um dos colaboradores do educador, tendo atravessado a multidão de devotos e penitentes postados ali à porta do padre, perguntou-lhe:
— Você não acha que o padre está caducando?...
O educador encolheu os ombros. E o colaborador:
— Veja você: dono de dezenas de sítios e fazendas, milionário, e fala que não dispõe de dinheiro para se operar de uma catarata...
Outro do grupo respondeu, convicto:
— Nisto que ele falou eu acredito. Veste apenas uma batina rota. Come apenas o necessário para não morrer de fome. Todo o lucro dos imóveis que lhe deram, lhe garanto, sem medo de errar que vai parar nos bolsos de muita gente, não no dele.
E continuaram a comentar a situação do padre, a caminho do hotel, o educador a desabotoar o colarinho para se livrar melhor da soalheira.

## 3 O aniversário

O padre, enrugadinho, no fundo de uma rede, mostrava-se contrariado:
— Essa doença nos meus intestinos me prende nesta rede e me impede de dar a bênção aos meus amiguinhos...
Tossia e mostrava-se impaciente. Os médicos procuravam consolá-lo.
O enfermeiro entrou, fez as aplicações ordenadas, e, ao retirar-se, comentou para a mulher de preto, parada ali ao canto de parede, em sentinela e silenciosa:
— Ele não vai nada bem, nada bem...

★ ★ ★

O dia amanheceu radioso e o padre, ao ouvir o chilrear dos pássaros, levantou-se e sentiu-se disposto. A mulher veio recebê-lo na porta do quarto:
— O senhor está bem?...
— Engraçado... Estou me sentindo outro. E justamente hoje, no dia do meu aniversário. Sabe quantos anos faço hoje?
— Oitenta e nove...
— Noventa. Noventa anos. Um vidão, minha amiguinha, de sofrimentos e de serviços a Deus.
Citou nomes dos seus amigos mais chegados.
— Quero almoçar com eles. Mereço isto, não, minha amiguinha?
A melhora do padre e seu aniversário transformaram a cidade em dia de festa. Os devotos e penitentes, romeiros, aleijados e beatos, velhas, todos redobraram suas rezas e cantos, em número e altura de voz. Nos bares, a cachaça correu fácil. A freguesia triplicou nas lojas de santos e imagens. E vários esfaquearam-se...

Após o almoço, o padre, mostrando-se disposto e com uma saúde nunca mais esperada, puxou e puxou conversa. Falou dos velhos tempos, quando ali chegara e encontrara apenas algumas casas de palha e taipa, e uma igrejinha. Agora, Juazeiro era uma cidade dinâmica, próspera.
— Eu fiz esta cidade, meus amiguinhos.
— Mas disto não tenho orgulho. Tenho justo orgulho das almas perdidas que salvei. Lembram-se do caso da beata Maria de Araújo? Fui ou não fui injustiçado?
Um dos comensais procurou mudar de assunto:
— Isto já passou, padre.
Ficou pensativo:
— Já passou, meu amiguinho, já passou. Mas o que mais me dói é que a minha Igreja de fato nunca me perdoou.
Outro, disfarçando um arroto, dedos cobrindo a boca:
— Ora, padre, hoje é dia do seu aniversário... Falemos de outras coisas.
O padre olhava um e outro, mas como se estivesse sozinho na mesa:
— E a deposição do Coronel Franco Rabelo? Foi ou não foi justa? Meti-me na política, fui eleito deputado federal, vice-presidente do Estado... Tudo isto, os amiguinhos sabem, nunca me importou... Importou-me só até ao ponto de poder ajudar os necessitados... E sabem o que muito me aborrece? Pois vou dizer. E esta mágoa eu levo para o túmulo de não ter tirado o Virgulino do cangaço. Se eu tivesse conseguido isto, quantas dezenas de cangaceiros lhe teriam imitado... Fiz tudo para conseguir isto... e não consegui nada.

Os visitantes falaram rapidamente de outros assuntos, um deles chegou a começar a contar uma anedota. Mas o padre cruzou as mãos sobre a mesa, enterrou mais ainda a cabeça nos ombros e iniciou um começo de sermão:

– Quando Jesus Cristo foi supliciado por Nero e quando Maria Madalena foi jogada aos leões...

Continuou, falando aos atropelos, uma mistura de História Sagrada, Novo Testamento, reminiscências e política. Parou de repente e queixou-se:
– O que preciso mesmo é de me operar desta catarata... Ajudem-me, meus amiguinhos.

## 4 Está morto!

Na casa do poeta, o médico, chegado de Fortaleza, revoltava-se:
– Não me conformo com isto. Chego a não acreditar: o padre arranjar vinte contos emprestados para poder se operar com um médico de Recife. E as rendas das fazendas e sítios dele? Para onde vai todo este dinheiro? E as dezenas de casas que lhe pertencem? A metade de Juazeiro é do padre. Para onde vai esse dinheiro, meu amigo?

O outro coçou o queixo:
– Para onde vai? Para o meu bolso é que não é.

\* \* \*

Os devotos e penitentes choravam. Nos bares, ninguém bebia. Toda a cidade expectante. A Rua São José coalhada de gente a sussurrar baixinho as orações e a pedir saúde para o padre;

Os pássaros, nas muitas gaiolas, cantavam indiferentes aos sofrimentos do velhinho, de olhos vendados devido à operação, a respirar difícil, cercado de médicos. A um

canto do quarto, ajoelhadas, duas mulheres contritas e de terços na mão:
— Ave Maria, cheia de graça, o Senhor é convosco...
A noite caiu com a viração descida das quebradas do Araripe.
E de longe, de muito longe, do alto do Horto, a cidade pisca-piscava em milhares de luzes, que ela permanecia vigilante madrugada adentro.
O romeiro esmolambado aproximou-se, esquálido, e acocorou-se ao lado do grupo de devotos, no oitão da matriz:
— Meu Padrim melhorou?
Ninguém respondeu e ele sentiu então uma sufocação subindo do peito, que alcançou a garganta e explodiu em soluços convulsos.
Uma mão pousou-lhe ao ombro:
— Chore não... Ele vai viver...
Mas os médicos e assistentes, dentro do quarto, entreolharam-se, quando o homem bem trajado, após o exame, olhou-os simplesmente e balançou a cabeça:
— Está morto!
As duas mulheres, que rezavam, levantaram-se e permaneceram petrificadas, a olhar para o homem bem vestido, que com calma ajeitava o paletó e retirava-se do quarto.
Um dos presentes, alto e esganiçado, partiu à pressa, abriu a porta da rua e, idiotizado, foi varando a multidão:
— Morreu... Está morto... Morreu...
Davam-lhe passagem, mas não atinavam bem com a verdade daquelas palavras. Olhavam-se aparvalhados. A janelinha gradeada abriu-se e a sala iluminou-se. E a multidão, tomando de repente consciência da realidade, soltou um gemido profundo, como se cada um tivesse sido atingido no mais profundo do seu ser.

Nas casas em permanente vigília, nos grupos silenciosos nas esquinas, na aglomeração enorme na Rua São José, nos casebres que se enfileiravam em direção às Malvas, na rua das mulheres perdidas, no pátio do mercado, onde os cegos violeiros dedilhavam insones as suas violas, na cidade inteira – todos soluçavam. Até o viajante, que estava ali de passagem e conhecia o velhinho apenas de nome e de fama, abriu a janela do seu quarto, assistiu a correria dos que passavam em direção à casa do padre, compreendeu tudo e prendeu com esforço os soluços que lhe prendiam a voz e a respiração.

O telégrafo atulhou-se de gente e o telegrafista, olhos marejados d'água, procurava atender a todos de uma só vez. O baixote estendia-lhe um papel:

– Eu cheguei primeiro. Mande este telegrama para Natal. Quero avisar ao governador a morte...

Alguém o empurrou e ele perdeu-se no meio do povo. E o alto magricela, que o substituiu, insistia, quase chorando e gesticulando muito:

– Está aqui o meu telegrama... É um aviso pra Sobral...

O telegrafista, prendendo os soluços e procurando manter a calma, explodiu todo o seu estado de nervos de uma vez:

– Mais respeito!! Se não fizerem silêncio e não mantiverem a ordem não passo nenhum telegrama! O homem mais bondoso do mundo está morto e vocês aí gritando feito uns loucos!

Na delegacia, o delegado insistia aos berros:

– Não mando reforço nenhum.

O maioral olhava-o aflito:

– Mas o senhor não compreende: o povo está invadindo tudo, quebrando portas, estragando o jardim da praça...

O delegado continuava de braços cruzados:

– Querem ver o homem melhor e mais bondoso desta terra: é um direito deles. Não mando reforço nenhum. O padre era do povo e o povo é dele. Depois, se houver algum estrago, a prefeitura manda consertar...

O romeiro esmolambado, que estava acocorado no oitão da Matriz, ao lado do grupo de devotos, encolheu-se ainda mais para evitar ser pisado, e virou-se para o seu vizinho:

– Será que o meu Padrim morreu mesmo?

Não recebeu resposta. Mas estirado na cama, miudinho, cor de cera, na batina rota, o velhinho, mãos cruzadas ao peito, dormia tranqüilamente depois de noventa anos de uma vida atribulada e sem sossego.

As duas mulheres, chorando, procuravam dar alguma ordem na casa que se enchia de gente e invadia tudo.

Alguns maiorais, junto ao cadáver, discutiam em voz baixa. O de preto sugeria:

– O melhor é colocá-lo no caixão, perto da janela, a uma altura que ninguém possa alcançá-la. Só assim podemos satisfazer a curiosidade popular e evitar uma invasão ou coisa pior. A polícia nega-se a dar auxílio.

Os outros concordaram com leve balançar de cabeça. E o de preto demorou-se um instante a olhar o morto e sentiu saudade, respeito e um princípio de temor.

## 5 O avião

Os dois meninos, pendurados no alto da árvore olham com fascinação aquele mundo de gente. O louro escanchado no galho fino e muito liso, aponta:

– Tu já viu mais gente do que isto na tua vida, Rafael?

O amigo demorou-se, examinando aquela multidão sem fim que coalhava toda a rua. E não disse nada. Mas apontou para o céu, cobrindo com a mão os olhos por causa do sol:
– Olha lá! Um bocado de avião encarnado! Os aviões militares, vermelhos, em vôos rasantes, desciam em picada e passavam a poucos metros da cumeeira da casa do padre. O louro mostrou-se temeroso:
– Quase bate na árvore! Tou com medo.
– Deixa de ser frouxo. Papai falou que o governo ia mandar um bocado de avião encarnado para fazer pirueta no céu por causa da morte do padre.
Então, o louro raciocinou um pouco e concluiu:
– Quando a gente morre o governo faz isso?...
O outro, subindo mais alto na árvore, para ver do seu cume o maior número possível de pessoas que apinhavam a cidade e continuavam a chegar:
– Sujeito besta! Só tem avião de Presidente da República pra cima. Nem o bispo.
O louro espantou-se:
– Mas nem o bispo!...
– E acho que nem o Papa.

★ ★ ★

Milhares de mãos procuram tocar o caixão, conduzido com muito cuidado. E a voz cochichada é áspera e autoritária:
– Cuidado. Cuidado. Não deixem o povo aproximar-se muito.
O caixão vai passando, como deslizando por cima das cabeças da enorme multidão. Muitos caem de joelhos e soluçam. Os cantochões misturam-se aos choros e rezas. Os sinos bimbalham monotonamente. Homens trepados nas

janelas com crianças nos ombros. As árvores apinhadas de curiosos. Um galho estala e cai com meia dúzia de pessoas. Um princípio de correria e pânico, logo controlado. Mulheres desmaiam e são socorridas pelos mais próximos. Os caminhões continuam a chegar com levas de romeiros.

O esquife pára diante da capela de Nossa Senhora do Perpétuo Socorro no momento exato em que um avião militar passa em vôo rasante, como num aviso à multidão imensa de que ali, em poucos minutos, o padre será sepultado. Fez que todos guardassem um silêncio total e imediato.

## 6 A História dirá

Escurecia na cidade mística. O silêncio era total. Romeiros e devotos iam e vinham, subiam e desciam as ruas sem direção certa como se procurassem, desnorteados, um rumo para suas vidas.

As casas todas fechadas. Diante da capela de Nossa Senhora do Perpétuo Socorro milhares de velas acesas e pessoas ajoelhadas, petrificadas no chão, indiferentes às horas que passavam.

O romeiro esmolambado, no oitão da Matriz, voltou a perguntar aflito, esfregando as mãos, aos que passavam:

– O meu Padrim morreu?

\* \* \*

No bar da Praça do Ferreira, em Fortaleza, os dois jovens intelectuais conversavam. O de cabelos revoltos cumprimentou o homem alto e moreno, todo de branco, que passava em frente:

– Bom dia, poeta.
E para o outro:
– Conhece ele?
– Não.
– É o poeta Antônio Sales.
Cruzou as pernas e abriu o jornal:
– Você viu?
– O quê?
– O Padre Cícero deixou praticamente tudo, as dezenas de casas, sítios e fazendas para a Ordem dos Padres Salesianos. Muitos dos seus bajuladores estão roendo as unhas de ódio. Isto o padre fez bem feito.
O outro, tomando um cafezinho, afastou os lábios da xícara:
– Também acho.
O jovem intelectual de cabelos revoltos lembrou:
– O meu pai, no tempo dele, vivia discutindo sobre o padre com os amigos, no antigo quiosque aqui da Praça do Ferreira. Era rabelista roxo. O velho costumava andar sempre de colarinho duro e chapéu de palhinha. Não gostava do padre, mas era justo para com ele.
O outro, terminando de tomar o seu café:
– E você, o que acha dele?
Enrolou o jornal, jogou-o para o lado:
– Bem. Não tenho sobre o padre uma opinião formada. Não o conheci. Mas pelo que ouvi do meu pai, pelo que li e ouvi sobre ele, acho que foi um homem bom, que procurou só fazer o bem e socorrer a todos. Os possíveis erros que cometeu, os fez nas melhores das intenções. Um mundo de gente aproveitou-se dele, do seu nome e da sua fama. E você, o que diz?
O outro deu de ombros:

— Acho que você tem razão. Mas agora, com a morte dele, tudo acabou...
O jovem intelectual de cabelos revoltos contestou rápido:
— É aí onde você se engana. O fascínio do padre era muito grande. Juazeiro hoje tem mais de cinqüenta mil habitantes. Isto por causa dele. Não sou religioso, mas estou quase apostando uma coisa...
— O quê?
— Quando passar tudo isto, os muitos ressentimentos políticos, vão levantar estátuas para ele.
— E você acha que ele merece?
— A História dirá.
Levantaram-se e saíram andando pela rua movimentada e banhada de sol. De repente, o jovem intelectual de cabelos revoltos perguntou:
— O que você acha desse sujeito que anda fazendo furor na Alemanha?
— Quem?
— Adolf Hitler.
— Para mim é uma besta. Cai logo.
— Concordo.
E continuaram andando em direção ao Beco dos Pocinhos.

Impressão e Acabamento
Assahi Gráfica e Editora.